中公文庫

日本を、信じる

瀬戸内寂聴
ドナルド・キーン

中央公論新社

目次

日本を、信じる

まえがき

瀬戸内寂聴

ドナルド・キーンさんは、私からはいつも高く遠い立場にいて、仰ぎ見る人であった。

アメリカ人であるのに、こよなく日本が好きで、日本人のように日本語を話すばかりか、日本の古典に造詣が深く、日本人でもなかなか実行し難い『おくのほそ道』の舞台をたどり、いつの間にかひとりでさっさと歩き通されている。

日本の古典文学史について調べたいことがあると、日本人の学者の本より、キーンさんの著書を読む方が解り易く正確である。『源氏物語《げんじものがたり》』から能、狂言に至るまで、キーンさんの好奇心と研究は、すべてに行き届いていて、狂言に至っては、舞台に立ち、天性のいい声で、実演までされている。私はそんなキーンさんの華々しい才能に早くから目をくらまされ、恐れをなして、とても近づけない方だと思いこんでいた。

それが思いがけない御縁を頂けるようになったのは、ひとえに中央公論社のかつての社長、嶋中鵬二《しまなかほうじ》氏の御紹介であった。

「あれ、キーンさんと個人的に話したこともないの？　そんなのもったいないよ。キーンさんはほんとにすばらしい人だから、おつきあいされた方がいいですよ」

そんな話から、嶋中さんはすぐふたりを呼んでくださり、逢わせてくださった。向いあって見るとキーンさんは飾り気のない、磊落《らいらく》な親しみ深い方だった。一言一言確めるような正確な日本語で、どんな難しい論理的な話も、気の利いた冗談も話す。その時、誕生日が、同じ一九二二年生れの五月と六月で、私が一ヶ月早いお姉さんだとわかった。それを聞いたとたん、私は急に気が楽になり、偉そうに思えても私の弟だと、ゆとりが出来、急にいつものお喋りになった。

それ以来、キーンさんにコロンビア大学に招かれて講演したり、長い鼎談《ていだん》をして本を出したりして、すっかり仲よしになった。それでもお互い忙しいので、そんなにお逢いする時間はなかった。同い年のせいか、私たちは同じような病気を同じ時期によくしているようだが、必ずまた同じ時期に治っていた。

ところがキーンさんがアメリカに帰られ、今度はもう向うに永住するおつもりらしいとか噂を聞き、そんなことになったら、どんなに淋しいだろうと思っていたら、三月十一日の大地震、大津波につづいて、福島の原発事故までおきてしまった。そうしたらキーンさんが、日本についに帰化されるというニュースが飛びこんできて、災害のニュースの時ぐらい私はびっくりした。が、すぐ、何ともいえない嬉しさがこみあげてきて、私は涙をこぼしていた。こんな日本になったからこそ帰化してくださるキーンさんの日本への無償の愛の有難さに、私は感動と感謝に思わず合掌していた。

第一章
大震災からの日々

二人合わせて一八〇歳

瀬戸内　お久しぶりです。ご病気をなさったとうかがっていましたが、私よりもずっとお元気そう。

キーン　昨年（二〇一一年）一月に、痛風で三週間入院しました。高熱にうなされ、点滴を二、三種類やっても、なかなか熱が下がりませんでした。でも、おかげさまで、その後は元気です。寂聴さんも入院されたんですね？

瀬戸内　腰と背骨をいためて、おととし（二〇一〇年）の十一月から半年、寝たきりの療養生活を送りました。東京のホテルで荷物をつくっていたら、腰がギクッとなって。「ああ、これがギックリ腰かな」と思いましてね。痛みを我慢して、その日、翌日と講演に行った後、無理して東京から京都に帰ったんです。新幹線って揺れるでしょう。それもよくなかった。背骨の圧迫骨折という病名をつけられました。その後半年、ベッドの上で動くこともできず、痛いので本も読めず、食事も運んできてもらう状態でした。そのまま寝たきりになると思った方も多いんじゃないでしょうか。

キーン　私もそう思われていたようです。

瀬戸内　あるいは死ぬとかね。私も先生も今年で九十歳。この年齢で足腰が立たず寝ていると、お見舞いに来る方はたいてい「もうすぐ死ぬかもしれない」と思うものです。「お葬式はどうするのかな」と心配もしている。ですから、「お葬式の段取りも、葬儀委員長も弔辞を読む方も、すべて決めてちゃんと書いてあるから大丈夫」と申し上げると、皆さん、本当にホッとした顔をなさる。（笑）

キーン　私は初めて大病をしましたが、不思議と自分が死ぬとは思わなかったですね。

瀬戸内　先生も？　実は、私も自分が死ぬとは思わなかった。寝ているしかないからお葬式のことなど考えていましたけど……。それにしても、九十歳が二人揃ってそんなふうに思うなんて、おかしいですね（笑）。ただ、私は足が弱っているので、車椅子になるかもしれないと覚悟はしました。作家の大庭《おおば》みな子さんが晩年、脳梗塞で車椅子生活になられたとき、利雄さんという素晴らしいご主人が車椅子を押して、大庭さんが亡くなる最後まで面倒をみていらした。私、いつも「うらやましいなあ」と思いながら見ていたんですよ。私には利雄さんのような存在はいないですからね。そういう男の人を一人くらい残しておけばよかったなあと思って。今さら間に合わないですけれど。（笑）

キーン　私は病気をして以来、足の幅が広くなって、特別な靴でないと履けないし、以前のように正座もできなくなりました。ですけど、自分が歩けないとか、車椅子に頼るとかは、想像できないんです。動くこと、人と話すこと、書くことは私の命と同じです。命が終わるときにはどうなってもいいですが、生きているあいだは、これまでと変わらない生活をしたい。そう思っているからでしょうか。

瀬戸内　でも、お互いに九十歳ですからね。今度うっかり病気をしたら、もうダメかもしれない（笑）。だから病気をしないようにしましょう。と言いながら、この歳でまだ徹夜で仕事をしているんですからね。
キーン　私もこの一年、ずっと休みなしです。（笑）

帰化を決めた理由

瀬戸内　三月十一日の東日本大震災のとき、私は療養中のベッドの中でした。横目で見ていたテレビに、あの地震と津波の光景が映し出されたんです。本当にびっくりしました。「これは大変だ、大変だ」と思いながら、体を動かすこともできずにいたものですから、毎日どうしようもなく、朝から晩までテレビを見ていました。こんな出来事、九十年の人生で初めてのことです。
キーン　私はニューヨークにいました。あちらのテレビでも二十四時間、日本の震災のことを報道していて、いつもはあまりテレビを見ないんですが、あのときばかりはずっとテレビから目が離せませんでした。日本では以前、北海道の奥尻《おくしり》というところに津波が来て犠牲者も出ましたが、多くの人は高台に逃げて助かりました。しかし、今度の津波はまったく違っていました。あの黒くて大きな波。建物も自動車も人間も、あらゆるものを舐《な》め尽くしていく……。何とも恐ろしい光景でした。
瀬戸内　本当にそうでした。想定外と言うけれど、過去にも千年に一回とか、必ずこういうことがあったんですね。
キーン　あったはずです。
瀬戸内　三陸海岸は何度もやられている。だから高い防潮堤をつくりましたでしょう？　ところが、それ以上の津波が来て、それが想定外だったんですね。
キーン　私は以前から東北が好きでしたし、当然のこととして、知っている場所がどうなったか早く知りたかったのですが、なかなか報道されず、もどかしい思いでした。たとえば松島はどうなったのか。島々は消えたのか。あるいは中尊寺《ちゅうそんじ》は大丈夫だったか。それから、被災した人々はどうしただろう、今、どんな気持ちでいるかと考えると眠れませんでした。
瀬戸内　そのうえ、福島原発の事故がありましたからね。もし去年死んでいたら、こんな惨事に出会うことはなかった。生きているから、この辛さを味わっていると、そう思いました。地震、津波に続いて原発事故……。テレビで惨状を目にするたびにショックにショックで、気がついたら、それまで身動きできなかったのが、ベッドから滑り落ちて、自分の二本の足で立っていました。

キーン　私は日本に早く帰りたかったのですが、このときすでに日本の国籍を取得することを決めていたので、ニューヨークの家の整理に時間がかかりました。すべてを済ませて、ようやく日本に帰れたのは、震災から半年経った九月一日でした。

瀬戸内　そのことですが、震災後、先生が日本への帰化を表明されたことは、私たち日本人に勇気を与えました。どうしてこの時期に、いたみきった日本に永住しようと決め、日本人になろうとしてくださったのか……。

キーン　日本の人に勇気を与えようと意図したのではありません。日本の国籍を取得することはずいぶん前から考えていたことで、急に決めたわけではないんです。私は日本に家を持ち、この四十年近く、アメリカと日本とを行き来してきました。そうした中で日本人に特別な親しみを感じていました。日本人になると決めた私の気持ちを表現するなら、第二次大戦中に作家で詩人の高見《たかみ》順《じゅん》が日記に書いた思いと重なるでしょう。

　戦時下でいちばん情勢が厳しいときに、当時、鎌倉に住んでいた高見順さんは、アメリカ軍が鎌倉を攻撃するという噂を耳にします。心配して、自分のお母さんを田舎へ帰したいと大船まで見送った後、妻を連れて東京大空襲の跡を見に上野駅に行くのです。しかし着いてみると群衆があふれ、大変な混雑となっていました。みんな、安全なところに逃げたいという同じ気持ちにかられて。高見さんが驚いたのは、誰もが静かに整然と並んで汽車の順番を待っていたことです。待つのは当然だというように。我先にと列を乱す人はいない。その光景を目にして、「私はこうした人々とともに生き、ともに死にたいと思った」と日記に書くんです。

　私も同じ気持ちを抱くようになりました。むしろ、どうしてもっと早く日本国籍を取ることを考えなかったのか、自分で不思議に思ったくらいです。私も、瀬戸内さんほど大変ではなかったですが、去年一月に病気をして、三週間入院しました。時間がいっぱいありましたから、いろんな思いが交錯する中で、自分が日本人になることも少しずつ考えていました。その二ヵ月後に、あの東日本大震災があったのです。

瀬戸内　原発事故による放射能汚染のこともあって、日本を出ていく外国の方も多かったと聞きます。それだけに、先生がそこまで思ってくださるのは、日本人として、とても嬉しいことです。

キーン　私に言わせると、当然です。私は本当に何年も前から、知らないたくさんの日本人に支えられてきたんです。私の書いたものを読み、私に手紙を書いてくれたり、あるいはお礼を言ってくださったりした。アメリカが嫌いで祖国を捨ててきたのではなく、日本に対する愛情が、私に日本人になることを選ばせたのです。日本の国籍を得ることに対し、東北の被災地の方々から「私たちに勇気を与えてくれた」というお手紙をたくさんいただいて嬉しかったのですが、私は意識的に勇気を与えようとしたわけではなかった。生涯を日本に捧《ささ》げた私としては、まったく自然にそう決意しただけのことなんです。

瀬戸内　それでも私などは感謝の意をどうやってあらわしたらいいかと……。

キーン　私は、日本に滞在している外国人が何万人と日本から脱出したというニュースを読んで、本当に腹が立ちました。もちろん、小さなお子さんがいる場合は、放射能汚染のことだとか、食べ物や牛乳は大丈夫だろうかとか、いろいろ心配があるでしょう。それは理解できます。しかし、そうした事情もなく、長く日本で居心地よく暮らしていたのに、ひとたび日本が災害に見舞われるや、すぐに逃げるなど、まったく感心できませんでした。少なくとも、私は違う。私はこの国にいたい。日本の人々と一緒に生きたい。そんな気持ちなのです。私の心はすでに日本人です。

子どもたちには未来がある

瀬戸内　療養中、なんとか動けるようになると、私はいても立ってもいられなくなって、被災地を訪ねました。私は二十数年前から岩手県二戸《にのへ》市の天台寺で「あおぞら説法」を続けていますが、六月に、震災後初めてその天台寺にまいりまして、まだ私の足もヨボヨボでしたから、天台寺にわりに近い三陸地方の被災地を見てまわりました。

最初に行ったのは野田村という小さな漁村でした。ひどい状態だろうと思っていたら、整然としてきれいなんですよ。あら、間違えたのかなと思うくらい。

だけど、よく見たら、海岸にずらりとあったはずの松の木がまったくない。海岸から山までのあいだに広がる場所に家が一軒もない。すべて流され尽くされていたんですね。山の上に小学校があり、そこの子どもたちは全員助かったとのことでした。私がうかがったときには、他で被災した小学生もそこで授業を受けていました。子どもたちがどんなに悲惨な状況かと思いましたら、とても明るくて、普通の子どもなんですよ。それがとても嬉しかったですね。紙芝居を持っていって見せたり、いろいろな話をしました。「私は尼さんだけれども、小説を書いているのよ」と言ったらね、手を挙げて、「小説は何冊書いたの?」「小説家って一ヵ月の月給はいくら?」と聞いたりして（笑）、本当にかわいらしいの。

そんな中で、小学校三年生くらいの女の子が「戦争のことも小説に書きましたか?」と質問してきたんです。「私は戦争の中で育ってきたから、もちろん戦争のことも書いたし、私の書くものはみな戦争のことが底にあるのよ」と答えて、「どうしてそんなことを質問したの?」と聞きますとね、「今度の災害でとてもたくさんの人が死にました。母に聞くと、戦争でも人がいっぱい死んだといいます。たくさんの人が死ぬ地震や津波の災害と戦争は、どういう関係があるんですか？」と、その小さなかわいい女の子が言うんです。だから、「地震や津波は自然が起こす天災だけど、福島の原発事故も戦争も、人間が起こした人災。天災は今は防ぎきれないけれど、人災は人間の力で止めることができる。だから皆さんが大人になったら、戦争は絶対しない、原発はなくそうと頑張ってね」と答えると、「わかりました」と、目をキラキラさせてうなずくんです。

不自由な生活をしているに違いないし、親を失ったり、家を流された子どもだっているはずだけど、みんな笑顔でね。子どもには未来があるなあと思いました。天災を回避する技術だって、あの子らの中から生まれるかもしれません。

キーン　子どもたちの笑顔には本当に救われますね。私も子どもたちがつくるこれからの日本に大いに期待しています。

瀬戸内　野田村の後、宮古《みやこ》市に行きました。宮古には以前、講演に行ったことがあります。とてもいい町でした。野田村のような小さなところは自分たちの手でできるからかしら、すでに瓦礫《がれき》がきれいに片づけられていましたが、宮古は大きな市で、私が行ったときには、まだ整理ができていませんでした。海岸の松が潮で真っ赤になったのが、そのまま倒れている。海岸と人が住んでいたところのあいだには、大きな船が真っ二つとか三つに割れていて、そんな壊れたいくつもの船がズラリそのままあるんです。潰れた自動車もそこらじゅうに……。よく見ると、それらに全部「ＯＫ」と白いペンキで書いてあります。ポツンポツンと残っている家にも「ＯＫ」とある。それは何かというと、「もう処分していい」ということですね。人のものを勝手に処分はできない。そこで、所有者が了解したものには印をつける。どうぞ処分してくださいと。そんなふうに書くのは、どんなにつらかったか……。

傾いた一軒の家の廊下にアルバムがありました。そこの家のものではないかもしれない。流れてきたか、あるいは誰かが拾ってそこに置いたのかもしれない。広げてみましたらね、いかにも裕福なおうちの様子で、おじいさんの家族、その息子の家族、孫の家族、三世代が一緒らしく、それぞれのお誕生日とか結婚式とか、おめでたいときの家族の写真が全部載っているアルバムなんですよ。それを見たら、ああ、こんなふうに楽しく大家族で暮らしていた幸せな家庭が、今はもう家があるだけで人はいない。この人たちはどこにいるんだろう、と思いました。そんな状況が、ほうぼうにあるんですね。

台所だけが残っているうちでは、流しのところに雑誌が数冊引っかかっていました。見ると、高齢者のセックスを特集した雑誌で、私みたいな八十歳くらいのおばあさんの裸体の写真が表紙なんです。思わず笑ってしまったけれど、老夫婦、あるいはおじいさん一人かもしれませんが、それを読んで楽しんでいた人がいた。確かに人が生きていたことの証《あかし》ですよね。普通の人たちが、こうやって日々を楽しんで生きてきた。けれど、それもうなくなってしまったと思うと、瓦礫一つにせよ、日々の営みがうかがえるようで、残っているものすべてに大切な意味がある気がするんです。

それから、これはテレビで見たのですが、持っていた大きな船がなくなってしまったと漁師さんがとても悲しそうな顔をしていましてね。漁師の家に生まれ、子どものときから海しか知らないから、船がなくなったら、これからどうやって生きていったらいいかわからないと絶望的な顔をしているんです。私、船をあげたいと思いまして、うちのスタッフに「船って、いくらくらいするものなの?」と聞くと、三億円くらいだと。それじゃダメだ、とても私にはプレゼントできない……。私たち物書きは紙と鉛筆があればいいけれど、船を奪われた漁師さんはお気の毒です。

キーン　本当にかわいそうです。生まれてからずっと続けてきた仕事を失うと、生活のための収入がなくなるだけでなく、自分が何のために生きているのかわからなくなる。社会に何も貢献できていない、そういう気持ちになるのではないかと思います。

瀬戸内　その漁師さんが船を失って他の仕事をしたいかというと、自分は海でしか育ってないから、やっぱり海で働きたい、これからも、ここで漁師をやりたいと言うんですね。

キーン　そうでしょう、そうでしょう。

瀬戸内　政府は、集まった義援金をそういうところに回してあげてほしいと、心から思いました。その後も、被災地には何度かお見舞いに行きました。陸前《りくぜん》高田《たかた》というところは町が全部なくなって、日本百景の一つだった七万本の松林が流され、一本だけ残っていた〝奇跡の松〟も、根が潮に侵されて、結局ダメになるそうです。お味噌とお醤油《しょうゆ》の産地で、大きな味噌蔵、醤油蔵がところどころに残っていましたけど、海水に浸かって、もう使えない。その昔、伊達《だて》政宗《まさむね》公がときどき訪れたという代々続く大きな庄屋さんの立派な家も、門も何もない。町全体が本当に何もないのです。

きっと乗り越えられる

キーン　この大震災で私が思い浮かべたのは、終戦のときの東京の風景です。一九四五年十二月、私はアメリカ海軍の語学情報将校として二週間ほど日本に滞在しました。厚木の空港からジープに乗って東京の中心部に向かうと、まともな建物がどんどん少なくなっていき、やがて、家はほとんどなくなりました。見えるのは爆撃を免《まぬが》れた土蔵や煙突だけ。あたり一面が焼け野原で、想像した以上の荒廃ぶりでした。東京は再建できない、少なくとも五十年経たなければ戦争前の東京に戻るのは不可能だろうというのが世界の常識でした。けれど、八年後、再び私が日本を訪れたとき、東京も日本も活気を取り戻していました。

人々も元気で、忙しく働いていました。

普通なら、自分たちの国の首都や国内の主要な町のあちこちが焼け野原になり、なくなってしまったら、人々は落ち込み、憂鬱になって何をする気にもならないでしょう。アンコールワットのあるカンボジアのシェムリアップ、あるいはビルマのパガン、いずれもかつては立派な町があったのに、今はお寺が残るだけです。しかし、日本は十年も経たずに復活しました。その様子に私は日本人のたくましさを知り、とても嬉しかったです。今度の東日本大震災も恐ろしいものでしたが、あのときと同じ奇跡が起こるでしょう。いったんダメだと思っても、そこからもう動き始めている、それが日本人です。状況に合わせる柔軟性があるんですね。

瀬戸内　そうなんです。被災されて仮設住宅に入っている方がいますでしょう。私はそこにもまいりました。それまで立派な家に住んでいた方たちがすべてを失って、いわゆる壁一重の長屋に住んでいる。私がうかがったお宅は、六人家族が3ＬＤＫに住んでいました。それも小さい小さいお部屋です。生活するうちに次第に増えていく荷物を収めるところがないので、壁際に全部積んであるんです。本当にお気の毒なんですけど、日本人というのが面白いなと思ったのは、その小さな仮設住宅の入り口に、皆さん、きれいな花々を植えた鉢を並べて置いてある。こちらには壺《つぼ》が置いてあって、聞けば、鈴虫を飼っているそうなんです。卵から育てていて、「秋に鳴くのが楽しみ」と。

キーン　いかにも日本的ですね。日本人は自然や四季の移り変わりを大切にして、手紙を書く場合でも、時候の挨拶が必ずあります。被災地にあっても、花だとか季節のものを取り入れて、生活の潤いとしているのでしょう。

瀬戸内　先生が柔軟性とおっしゃったように、与えられた場所で工夫して、楽しく暮らそうとしている。震災前まで大きなお屋敷に住んでいらした奥さんに、「淋しいとか、情けないとか思わないですか?」と聞くと「こういうところへ来て、初めて近所づきあいというものをしました。ここにいる皆さんと親類や家族のような気がして、こういう生き方もあるんだと知り、今、楽しいです」とおっしゃる。皆さん、その場その場でなんとか生きる楽しみ、張り合いを見つけようとしているんですね。

一方で、中にはやっぱり鬱《うつ》になっている方もいましてね。私がちょっとお話をしたら、その後で、みんなの前では言えないから聞いてくれと、内緒のお話をしに来る方が何人もいらっしゃるんです。「家族が全部死んでしまって、どうして私も死ななかったのか」と、本当に答えようのないお気の毒な内容でね。そういう方ももちろんいらっしゃるけど、だいたいが日本人は前向きというか、苦労の中にも喜びを見出す楽天的なところがあります。だから私も、今度のことも乗り越えていけると確信しているんです。

キーン　大地震、津波、原発事故と大きな不幸に見舞われた日本ですが、一ついいことがあったとすれば、海外での日本の評判がとてもよくなったことです。

瀬戸内　そうでしたか?

キーン　本当です。世界の人々は、日本人をとても素晴らしい民族だと再認識しました。つまり、今回のような災難があったら、普通は必ずそれを利用しようとする人がいます。窓ガラスを割って店の中の品物を盗むとか、物を奪いあって人を殺すとか……。

瀬戸内　よその国だったら、これだけのことがあれば暴動が起きますね。

キーン　そうです。しかし日本人はまったく違いました。冷静に対応し、みんなで協力し、助けあっています。その姿に皆が感心し、日本の信用はこれまでにないくらい高まったのです。ですから、ただ「かわいそう」だけで終わるのではなく、多くの国から義援金が寄せられたのです。アメリカでは、あちらの大学はもちろん、ほうぼうで「日本のために」とお金を集め、日本に送りました。小さな店にも募金箱は置かれていて、現在もそれは続いています。アメリカだけではありません、ヨーロッパでも同じです。そうして集めたお金を送っても、他の国ならば誰の手に渡るかわからないこともあります。けれども、日本ではそういうことはありませんからね。

瀬戸内　これまでは、日本はよその国にお金を出す立場でしたが、今度は本当にたくさんよそから助けていただきましたね。ありがたいことです。

キーン　それは日本に感心したからです。

瀬戸内　そんなふうに日本が暴動を起こさなかったと褒めてもらうけれども、一方で、本当に困っている人は、もっと「困った」と正直に訴えてもいいんじゃないかと思うんですよ。少しおとなしすぎるような気もします。

震災の後、全国から被災地にたくさんの物資――生活に必要なさまざまなものが送られました。でも秋に私が被災地をお見舞いすると、「もらいグセがついてイヤだ」と自嘲《じちょう》気味におっしゃる方々もいらっしゃるの。プライドをお持ちなんですね。こういうこともありました。仲の良かった妹さんを津波で亡くし、どうしていいかわからないと泣きながら訴えるお嬢さんがいました。それで、「じゃあ、写経でもしてあげてください。あとで写経の本や道具を送って差し上げますよ」と住所を聞いたんです。ところが、いろいろな方に欲しいものや送り先を聞いていたものですから、送るとき、どれがどれだかわからなくなって、覚えている範囲で送ったら、ある日、電話がかかってきたんです。「いろいろ送ってくれてありがとうございます」と。あの妹さんを亡くして泣いていたお嬢さんからでした。そして、「でも、私は写経の道具を待っていたのに、届いたのは私の欲しかったものではなかった」と言う。どうやら私は差し上げるべきものと相手とを間違えて送ってしまったらしいんです。それで、「あら、ごめんなさい」と、あわてて写経の道具を送り直したら、それがまだ行き着かない頃に、またそのお嬢さんから電話がかかってきましてね。電話口でひどく泣いているんですよ。「どうしたの？」と聞くと、「今度のことで、いろいろなものをもらうのを当然だと思うようになってしまった。私はこんな人間じゃなかったのに」と言うんです。話を聞くと、お見舞いの品が避難所に届きますよね。そうすると、中には我先に飛びついて自分の欲しいものを取る人もいるようなんです。

その姿を浅ましいと思って見ていたはずの自分が、気づくと、送ってもらったものに文句をつけている。「こんな私は人間として最低です」と言って、しくしく泣くんです。だから、「そんなことはない。そういうことに気がつくんだから、あなたは大丈夫。ちょっと私に甘えただけ。そう思いなさい」と言ったんですけどね。厳しい状況下で、自分でも思いもかけない状態になってしまうことがあるんですね。

東北は心のふるさと

キーン　それでも私は日本人の誠実さ、ひたむきさを素晴らしいと思います。大勢の人たちがボランティアとして東北に行きましたね。九州や四国、関西の人は東北とは離れていますから、震災の実感はあまりないかもしれません。それでも日本全国から人々が東北に駆けつけた。必要とされる場所に行って、自分たちができることをする。そういうことも、とても嬉しく感じました。

瀬戸内　私も被災地に行って感心したのは、ボランティアの若い人たちが本当に一所懸命にやっていること。朝早くから陽が沈むまで、瓦礫をこっちからあっちへ移している。一つずつでも、一日中ずっと片づけていったら、きれいになるんです。男の子なんか髪を金髪に染めていてね、女の子はつけまつげをカールさせたりしている。そんな子たちが、握り飯を用意して、自分のお金でそこまでやってきて、見返りを求めずに体を動かしている。「どうして来たの？」と聞いたら、「一度来たら、日曜日になると、また行かなきゃと思う」、「石を一つ動かすだけでも、役に立つかもしれないから」と。そんな姿を見ていたら、「今どきの若者は……」なんて、言えませんね。

キーン　私は二十年前、東北大学で半年、教えていたこともありますし、日本に来た当初、京都大学留学中に松尾芭蕉の『おくのほそ道』をたどる旅をしたこともあります。今もつながりはあり、東北には格別の思いがあるだけに、被災地でつらい思いをされている皆さんのことを考えると本当に胸が痛みます。と同時に、被災後の様子を見るにつけ、この災害から立ち上がろうとする東北の人たちの強さをあらためて感じるのです。

瀬戸内　おっしゃる通りです。東北の人たちは辛抱強くて勤勉ですからね。今度のことでも、どんなにつらいかしれないのに、ぐっと耐えながら、前を向いて暮らしている。私など、さほど力はありませんが、少しでも慰めになればと、あちらこちらとうかがうのですが、被災者の方を慰めに行ったつもりが、逆にこちらがパワーをいただいて帰ってくる。それが不思議で、また会いに行きたくなるのです。

キーン　震災後、私は二度、中尊寺に行き、仙台でも講演をしました。東北を訪れて、やはり私も元気をもらいましたね。

瀬戸内　東北の地は、昔は飢饉《ききん》があったり、気候も冬が長く厳しくて大変ですけど、その分、身内や地域での結束は固く、助けあいの精神も強い。それがまた復興の力になる気がします。

私は昭和四十八（一九七三）年に中尊寺で出家させていただいたおかげで東

北とご縁ができました。さらにその後、岩手県二戸《にのへ》市の天台寺の住職を務めるようになり、東北の方々とのおつきあいが始まりました。最初の頃は方言もわからないし、皆さん、恥ずかしがりやで口数が少ないものだから、どう接していいかわからず、打ち解けるのに時間がかかりました。でも、いったん仲良くなりますと、とても心が細やかで情が深いのがわかります。中国に「好朋友《ハオポンユー》」という言葉がありますが、まさにそれで、一度親しくなると決して裏切らない。とても信頼できるのです。

キーン　それ、たいへんよくわかります。

瀬戸内　私は徳島で生まれ、今は京都に住んでおりますけど、今では東北も故郷の一つ。天台寺にはすでに自分のお墓もつくっています。

キーン　平泉《ひらいずみ》の中尊寺は私の大好きなお寺ですが、ここのところ観光客が非常に増えているそうです。もちろん平泉が世界遺産に選ばれたこともあるのでしょうが、私にはそれだけが理由とは思えません。九州や四国、あらゆるところから人々が足を運ぶのは、東北の人たちの頑張りに心を打たれた、同じ日本人として苦境にある東北の人々を応援したい、という気持ちのあらわれではないでしょうか。

美し平泉

瀬戸内　平泉がユネスコの世界遺産に登録されたのは遅すぎる、と思っていらしたとか。

キーン　そうです。さほど素晴らしいとも思えないところが世界遺産になっていることもあるのに、どうして平泉が指定されないのか、理解できませんでした。中尊寺の金色堂《こんじきどう》だけでも世界遺産にふさわしいですが、さらに金色堂の周囲には素晴らしい森が広がり、歴史的にも価値が高く、庭も建物も美しい毛越《もうつう》寺《じ》もあるのです。ようやく世界遺産に登録されて、本当に喜んでいます。

瀬戸内　中尊寺は、平安時代に東北をまとめた奥州《おうしゅう》の豪族、藤原清衡《ふじわらのきよひら》が建《こん》立《りゅう》したものですが、清衡は偉かったですね。古来から東北では戦争が続いていて、多くの人が亡くなっていました。清衡は合戦で父を殺した敵方の大将とお母さんが再婚し、義理の弟と争いますね。そして奥州藤原氏の初代となるわけですが、清衡自身、妻子を殺されてもいます。そんなことなどが、つらかったのでしょうね。信仰が厚くて、亡くなった人たちの魂を浄土に導くために中尊寺を建立し、平泉に、みんなが平等で争いのない理想郷、仏国土をつくろうとしました。その国づくりは成功し、藤原氏は四代続くわけですが、実際、三代までの百年間は戦争のない平和な時代が続きました。

キーン　以来、平泉は一度も死んだことがないのです。中尊寺は当時から今日まで、奥州の人々にとって非常に大切な場所で、この九百年以上ものあいだ信仰を集め、信者が途切れることは一度もなく、金色堂も戦火を免れました。そして今回の大震災に遭っても、中尊寺は何事もなく無事でした。そのこともまた私には、東北の復興への希望に思えるのです。

瀬戸内　それにしても中尊寺の金色堂は本当に見事です。

キーン　私は京都大学の留学生だった昭和三十（一九五五）年に、芭蕉の『おくのほそ道』をたどる旅に出て中尊寺を訪れたのですが、金色堂の須弥壇《しゅみだん》の前に立ったときの感動を今も忘れていません。理性であれこれ細かく考える余地などなく、美しいもの、素晴らしいものを目の前にして、「これは天国だ」と直感的に思ったのです。私自身は無宗教で神や仏を信じないにもかかわらず……。それほどまでに「美」に打たれたということです。

瀬戸内　私は、作家で中尊寺の貫首《かんす》だった今東光《こんとうこう》師の仏弟子にしていただいて、中尊寺で得度し、出家しました。今先生はよく、「金色堂にお参りしたとき、ここを復興して、もとのようにきれいにしろという命令を仏様にいただいて自分はここに呼ばれた」とおっしゃっていました。それ以前にも「五月雨《さみだれ》の降り残してや光堂」という芭蕉の句で金色堂のことは知っていましたが、実際に見たときには、やはりその美しさに目を見張りました。

キーン　金はややもすると派手だったり、下品に見えがちです。ところが金色堂は決してそうではない。

瀬戸内　ただただ美しい。そして品があります。仏様だからそうなのかもしれないし、長い歳月、多くの人々の信仰を集め、みんなが拝み続けたからそうなったのかもしれない。

キーン　私は一つ発見したことがあります。西洋美術の歴史はギリシャから始まりますが、ギリシャの神々の像は私たちを見ていないんです。ところが、日本の仏像は違います。私たち人間に大いに関心があるような表情を浮かべてこちらを見ていると思いませんか。

瀬戸内　微笑《ほほえ》んでいるようにも見えますね

キーン　金色堂については、東北大学の高橋富雄《たかはしとみお》名誉教授による面白い説があります。ヨーロッパ人で初めて日本のことを書いたのはマルコ・ポーロでしたが、彼自身は一度も日本に来たことがありません。北京まで行き、そこで中尊寺に行ったことのある中国人から「日本にある王様の宮殿は屋根も床も柱も、すべて純金でできている」と聞き、それを『東方見聞録《とうほうけんぶんろく》』に書いた、というのです。その後、ある若いイタリア人がマルコ・ポーロの話を信じ、「自分はその純金の一部でもいいから手に入れてくる」と、スペインの女王からお金をもらい、小さな船で日本に向かいます。ところが残念なことに、目的地に着く前に大きな陸地に先を阻《はば》まれるのです。それがアメリカ大陸なのでした。コロンブスによるアメリカ大陸の発見は、つまり、中尊寺のおかげかもしれない。

（笑）

瀬戸内　昭和二十五年だったでしょうか、金色堂の藤原氏の遺体を納めた棺《ひつぎ》の中から八百年の時を経て蓮の種が見つかり、話題になりました。戦後の気分が残っているときでもあり、復興の気分と重なって、日本中が沸いたのでしょう。平泉では毛越寺も美しいお寺ですね。先生は金色堂を「天国のようだ」とおっしゃいましたが、私は毛越寺に参ったとき、「ここは極楽か」と思いました。（笑）

キーン　初めて『おくのほそ道』をたどったとき、季節は五月でしたが、そのとき東北では桜と梅が同じ時期に咲くのを知りました。まだ蔵王には雪があり、実に素晴らしい景色でした。旅を続けながら、私はしきりに「美《うま》し国ぞ大和《やまと》の国は」とつぶやいていました。（笑）

瀬戸内　若き日のキーン先生が、興奮しながら東北路を歩いていらっしゃる姿が、目に浮かぶようです。

キーン　藤原氏が滅んで五百年後に平泉を訪れた芭蕉は、「夏草や兵《つわもの》どもが夢の跡」と詠んでいます。これは芭蕉の崇拝する杜甫《とほ》の「国破れて山河あり　城春にして草木深し」と同じ発想に立ってつくったものでしょう。それが、多賀《たが》城《じょう》で奈良時代の石碑を見たときは、先の杜甫の言葉を引いて、今度はまったく反対のことを言っています。「山崩《くずれ》川流《ながれ》て道あらたまり、石は埋《うずもれ》て土にかくれ……」。つまり、山も川も永久に残るものではなく、草も木も必ずしも昔の草や木ではない。しかし、この碑が残っているように、山が崩れても、川が埋もれても、草が枯れても、残るのは人間の言葉、詞《ことば》であると。碑に書かれていたのは聖武天皇の時代のことを記した詞、千年前の言葉です。芭蕉が創るのは言葉の芸術ですが、石碑に残る言葉に、あらためて言葉の価値を感じたのではないでしょうか。芭蕉は奥の細道を歩きながら、平安時代から鎌倉時代にかけて平泉までの同じ道をたどった西行法師のことを考えたでしょう。同時に、行く先々で、この東北の地に残る古い歴史、文化に感動したに違いありません。

瀬戸内　私は西行の生涯を小説『白道《びゃくどう》』に書いたとき、芭蕉がたどった道を歩きました。その昔、京の人々は奥州を蝦夷《えみし》と呼んで恐れたけれど、金色堂に見るように金も豊富。名馬の産地で、文化の高さは京に劣りませんでした。東北の魅力は尽きません。これからも、次代につながる新たな何かが、震災後の東北から生まれるはずです。

第二章
「日本」の良さは、こんなにも

日本に帰れる喜び

瀬戸内　昨年は、東日本大震災という災禍に襲われて、世界中の目が日本に注がれました。そしてこの時期に、先生は日本人になることを決意されました。そのお気持ちは先ほどもうかがいましたが、日本の国籍を取得することで何かが変わりましたか？

キーン　象徴的なことですが、たとえば日本人の誰かが私に「いつお帰りですか？」と言う場合、それはアメリカへ帰ることを意味しました。ニューヨークから成田空港に着いたとき、「お帰りなさい」とは言われません。「いらっしゃい」なのです。私は日本に帰ることはできなかったのです。そんなふうに声をかけてくださる方に、もちろん悪意があるわけではありません。ただ、そういう何気ない言葉の一つひとつに、「ああ、そうなんだ、私は日本人とは違う」「日本人から見れば外から来た人間なんだ」と否応《いやおう》なしに気づかされました。日本の国籍を取得することで、ようやく私は日本に帰れるようになったのです。

先日、テレビ局が私の半生を描いた番組を制作しましたが、その中で、近所の店で買い物をしている私を撮影したいとディレクターが言うのです。八百屋でミカンを買う姿など、面白くも何ともないのにと思いましたが、あとで聞いた話では、その場面がいちばん人気があったそうです（笑）。つまり、外国人である私が日本人と変わらず商店街でミカンを買う姿が面白いと。

瀬戸内　外国の方が銭湯や温泉に入っているのを日本人が珍しがって見るという、あれと同じですね。日本の習慣になじんでくれて嬉しいという思いもあるのですが。

キーン　その気持ちもよくわかります。私は十八歳のとき、英訳の『源氏物語』に出会って日本に強く惹《ひ》かれ、以来、九十歳になろうとする今日まで、日本の文学や文化を研究してきました。四十年前から東京都内にマンションを持ち、昨年（二〇一一年）まではコロンビア大学で日本文学を教えていました。その授業のために年に五ヵ月はアメリカで過ごしていましたが、この四十年来、いつも日本が我が家です。それでも私は「知日派の外国人」「日本文学に深い関心のあるアメリカ人」であり、いつまで経っても「お客さん」だったのです。日本人とのあいだには常に目に見えない壁がありました。国籍を取ることは、日本に対する愛情を示す究極的手段であると同時に、私がいつも意識せざるを得ない〝透明なガラスの壁〟を壊すことでもあったのです。

瀬戸内　日本人になることを表明なさって、壁は壊れましたか？

キーン　帰化申請のことが報道されてから、私は突然、有名になりまして……（笑）。いいことはありました。それまでも近所の方々はみんな、私に会釈をしてくれましたが、言葉を交わすことはありませんでした。しかし、私が国籍取得の申請をしたと知ると、たくさんの人が「おはようございます」と声をかけてくれるようになったのです。「これから寒くなりますからお風邪をひかないように。どうぞ、大事になさってください」と気軽に話しかけてくれます。普通にいるお隣さんだと受け入れてくれたようで、嬉しかったですね。

瀬戸内　仲間と思ってくれたことですね。
キーン　ようやく日本人になれた気分です。そして日本人になったからには、これまで遠慮して言わなかった日本への悪口も、どんどん言うつもりです。（笑）

文化を生む底力

瀬戸内　キーンさんのお考えになる日本人の良さって、どんなところですか？
キーン　日本人について書かれたいちばん古いものは『魏志倭人伝《ぎしわじんでん》』です。その中で、日本人の特徴が二つ挙げられています。一つは「清潔」であること。もう一つが「礼儀正しさ」。驚くべきことには、これは今も変わっていないのです。まず「清潔」ですが、日本人ほどお風呂に入る人々は少ないでしょうし、行きたいところは？と聞けば、「温泉」（笑）。とにかく日本人の生活は、清潔さを大変大事にしています
私のアメリカの友人は、毎年、二週間くらいの休みがありますと、たいてい

日本に来ます。日本語はまったくできませんが、日本という国が大好きなのです。いちばんの理由は、どこで何を食べてもおなかをこわさないこと（笑）。食べ物も清潔で安全、だから安心感があります。オランダ人も清潔好きと言われますが、日本人の場合は世界でも類を見ないでしょう。

瀬戸内　私たちからすると、西洋のほうがお食事のときなど白いテーブルクロスを敷いて、食器を一つずつきれいに置いて、ずっと清潔で豪華なような気がしていましたけれど……。言われてみると、ああそうなのかと思います。

キーン　そして、礼儀正しさ。これは私も非常に重んじていることです。今の若い日本人は以前のようにあまり敬語を使わないかもしれません。でも、いざとなると、みんな敬語を使って話すことができます。清潔さと礼儀正しさ――この二つはまさに日本人の美徳でしょう。あと、何が起きても立ち上がって前に進むたくましさ、それも素晴らしいと思います。

瀬戸内　東日本大震災の被災地を訪ねたとき、先ほど先生がおっしゃったのと同じく、私が思ったのも戦後の日本です。中国から引き揚げて、メチャメチャになった日本を初めて見たとき、これはもうダメだと思いました。十年やそこらでは、とても立ち直れない。原爆で焦土《しょうど》となった広島も、この先、絶対にもとには戻れないと言われていました。それがあっという間にきれいになって、大きなビルが次々と建ちました。今では夜も灯りが消えることがない。世界中で、日本の夜がいちばん明るいそうですね。原発の事故後は計画停電だ、節電だと言われて、皆さんちょっと遠慮していましたけど……。

そういうのを見ていると、日本人には、地に這《は》いつくばってでも生きていこうとする力があるんじゃないかと思います。その点は、西洋よりアジアのほうが強いかもしれない。アジアの他の国も、皆たくましいですものね。

キーン　私は第二次世界大戦でドイツ軍の空爆を受けたロンドンの様子を、戦後、訪れて目にしました。ロンドンを例に挙げますと、建築物はたいていレンガや石材を使っていますから、爆撃で壁の一部が崩れ落ちても、建物全体は残ります。隣の家が焼けても、自分の家は焼けません。ところが、日本の場合は違います。終戦直後の東京の街は、家がほとんどありませんでした。木造の家は、爆撃を受けると跡形もなく崩れ落ちます。一軒の家が焼ければ、すぐ隣も炎に包まれる。

瀬戸内　すべて燃え尽くし、まさに焼け野原となるんですね。
キーン　それはロンドンとはまったく異なる光景でした。しかし、実は日本はそういう歴史を過去に何度も繰り返してきているんです。応仁《おうにん》の乱で焼けた京都を考えてみてください。京都は普通の町ではない。日本の都、日本の文化の中心でした。美術の面から言っても、あらゆるものが京都に集まっていた。それが消失したのです。残っているのは二、三の建物くらい。しかし、その後、短時間で東山《ひがしやま》文化が栄えます。今につながる新たな日本の文化の潮流になる、非常に大事な文化が、戦乱の後の京都から生まれたのです。また、天明《てんめい》年間の飢饉では百万人近くが飢え死にしました。考えられないほどの死者の数です。しかし、その後に明治維新となるのです。
　いちばん被害がひどかったのは、やはり太平洋戦争です。北から南の沖縄までやられました。無事に残ったのは京都、奈良、金沢……。多くの都市は何も残らない状態でした。アメリカ海軍の情報将校として日本を訪れた私も、他のアメリカ兵も、日本が立ち直るのは不可能だと思いましたね。戦時中、私と共に日本語を学んだ若いアメリカ人たちのほとんどは、これからは何の役にも立たないだろうと日本語を捨てました。中国語を学ぶのを選んだり、他の仕事についたりして、日本とのかかわりを絶つ、そんな状況だったのです。しかし、その後、日本が短時間で見事な復興を遂げたのは、誰もが知る通りです。現在、東北はまだ厳しい状況のさなかにありますが、過去の例をみれば、これを機に、新たな文化が生まれるのではと思うのです。また日本人にはそれができます。

瀬戸内　私もそういう活力を感じます。日本人って、根が陽気で呑気《のんき》、あまりクヨクヨと考えないんじゃないでしょうか。私自身がそうだから言うのではないですけど、深刻じゃない。よくも悪くも忘れっぽいですね。時間が経てば、イヤなことはさっさと忘れて、さあ前に進みましょうと。私の生まれた徳島はとくにそうで「えらいやっちゃ、えらいやっちゃ」で踊って終わり。（笑）

キーン　それもまた日本人の良さです。

瀬戸内　今回のような大きな災害があったら派手なことはいけないと、いっとき自粛していましたね。そのうち、お金を使わないと日本経済がダメになると言われるようになると、日本人はすぐに反応するから、今は一所懸命に使っています（笑）。このあいだの年末年始、温泉旅館は師走の二十八日からお正月の三日まで予約ですぐに埋まったところが多かったんだそうですよ。京都のホテルも満室でした。

メイド・イン・ジャパンへの評価

キーン　海外で高く評価される日本文化の特徴は、物をつくるのがとても上手なことですね。日本のデパートの工芸品売場で、外国人はみんな驚きます。たとえば陶器。西洋にも立派な陶器や瀬戸物はあります。ふちを金で飾ったり、美しい絵が描かれていたりしますが、私に言わせれば、形も色彩感覚もみな似たようなもので、特別に面白いとは感じません。一方、日本のデパートに行けば、どこの陶器売場でも、あらゆる形のもの、面白いもの、ユニークなものがずらりと並んでいて、目を奪われます。だから海外の陶工はみんな日本に学びに来て、日本の物を真似《まね》するのです。

陶器だけではなく、あらゆるものがそうです。日本人がつくる物はきれいで、つくり手はそのためにかける時間を惜しみません。戦前、「メイド・イン・ジヤパン」と言えば、安くてすぐにダメになる製品の代名詞でした。今はまったく逆で、日本製ならば、少しくらい高くても値打ちがあるとの定評が確立しており、私も本当に感心しています。

瀬戸内　海外の陶工が日本に学びに来るというお話がありましたが、真似をするのはむしろ日本人の得意技の一つですよね。身近な例ですと、「あそこのお宅がああいう飾り物を買ったから、うちも欲しいわ」（笑）。真似をすることに恥ずかしさを感じない。物づくりでも、そういうところはありますでしょう？

キーン　もちろん、一時的な混乱はあります。たとえば明治初期。外国のものが入ってくるようになると、それを真似して備前焼のようなものに鮮やかな色で絵を描いたり、あるいは浮世絵はそれまで長い間、薄く落ち着いた色を使っていたのが、突然、濃い青や緑、赤といった、中華料理屋さんのような（笑）色づかいになったりしました。まあ、そういうことはあるものの、しかし、また、もとの趣味に戻るんです。

十五世紀の応仁の乱の後に花開いた東山文化は、今も息づく「日本のこころ」の基礎と言えるものです。実際、私たちが心に描く「日本」と言えば、畳が敷き詰められた座敷の中、床の間があって、生け花が飾られ、墨絵が掛かり、そこから庭が眺められるというもので、これは東山文化から生まれて日本独特の建築様式となった書院造りのイメージです。だから日本人は、今も、どんなに有名なフランス料理店よりも、結局、料亭に行きたがる。ただし、そういうところは大変に値段が高い。たいてい銀閣寺をモデルにしたような部屋ですからね。現代の人は正座にあまり慣れていないので、少し足が痺《しび》れることを覚悟しなければなりませんが、それも我慢するようです。（笑）

瀬戸内　もともとの日本の良さを大事にして、そこに立ち返るのと、いいものは真似しようとするところの両方が、日本人なのではないでしょうか。

私が「あおぞら説法」に通っている天台寺の仏様は韓国から来ています。おなかがプッと出てかわいらしいの。昔の仏様は飢えていてはいけない。おなかが出ているのは充分に食べている証拠だそうです。その昔、韓国や中国から船が来ると、日本海の港に流れ着き、それが東北に入って天台寺に来たのかもしれません。素晴らしい塗り物もたくさん残っていますが、漆から塗り物をつくるのは、彼らから教わったのではないかしら。建物も装飾した家具も、元は中国や韓国から来ているものが多いですね。日本は取り入れるのが上手、それもあっという間に。そうして咀嚼《そしゃく》して日本独特のものをつくるのに長《た》けています。

キーン せっかく日本独特のものをつくりあげても、戦前までは、日本美術は中国美術の真似にすぎないという意見が海外では一般的でした。これは、日本が自国の美術やその伝統を積極的に外国に紹介しなかったためです。外国から入ってくるものを受け入れるだけでした。それでいて、外国に日本の美術品があると、それは日本にあるべきだと言う。日本の優れたものを目にする機会がなければ、海外で日本美術はつまらないと思われても仕方がありません。

ただ、戦後になって事情はずいぶん変わりました。日本の国宝の展覧会が欧米で開かれるようになると、優れた美術品の数々に、もはや中国の模倣だと言う人はいなくなりました。もう一つ、ニューヨーク近代美術館の庭に純粋な日本建築の建物ができたことも無関係ではないでしょう。それまで日本の建築を問題にしていなかった人たちの考えもガラリと変わり、今や日本建築の影響はとても大きいものになっている。要するに、日本人は長いあいだ、外国人には無理、理解できないだろうと思い込んで、美術や文学に限らず、日本の文化を世界に広める、伝える努力をまったく怠ってきたのです。現在は違います。日本人も外国人も日本文化を大いに利用し、活用しようとしています。

自分の話で恐縮ですが、私が『日本文学選集』という英語で書いた本を一九五五年に出すまで、海外の大学では日本文学の授業をすることができませんでした。

瀬戸内　外国の方のために、日本の文学を英語で紹介し、解説するテキストとなる本がなかったんですね。

キーン　『源氏物語』の翻訳はあっても、あとは火野葦平《ひのあしへい》の『麦と兵隊』まで、あいだに何もない、そういう状態です。あるいは『日本の詩歌』という本で、俳句だけが紹介されるといった具合でした。今は海外でも日本文学は無視できません。たくさんの日本の作品が何ヵ国語にも翻訳されています。ちなみに、私が最初に教鞭《きょうべん》をとったのはケンブリッジ大学でした。そこの伝統は古代ギリシャ語やラテン語といった、すでに死語となっている言語を研究することでした。私もその伝統にのっとり、『古今和歌集《こきんわかしゅう》』を原文で読ませました。日本語を一つも知らない学生たちが初めて覚えたのが、『古今和歌集』の序の日本語というわけです、普段の会話でも、学生たちのあいだで、「やまと歌は」とか、真面目な男という意味の「ひたすらなをのこ」といった言葉がとびかっているのはおかしかったですね。

近頃、日本の新聞によく、海外で日本文学を教えなくなった、中国文学に押されていると書かれます。それは間違いで、コロンビア大学で日本語を学ぶ学生の数はぜんぜん減っておらず、むしろ増加傾向にあります。しかし私は、日本の学生が日本文学を学ばなくなっていることを危惧《きぐ》します、十五年ほど前に、東大の大学院生を集めて行われた外部評価があり、国語、国史、国文の三つの科目が対象でしたが、参加したのは韓国人、中国人の学生がほとんどで、欧米人が少し、日本人学生は一人もいませんでした。信じられない話です。

瀬戸内　今の若い人は本当に本を読みませんからね。何年か前に中国に行ったら、本屋がデパートくらい大きいんです。上から下までズラリと本で、たくさんの若い人たちが地べたに座り込んで、それを熱心に読んでいる。正直、負けたなと思いました。

キーン　本当に残念です。海外へ紹介すべき日本の文化と言えば、私はまず日本の仏教のことを思います。私も決して詳しいわけではありませんが、今の日本人の多くはあまり仏教とは縁のない生活のようですね。お葬式の世話を頼む程度でしょうか。しかし、いざというときには、もともと日本人の中にある仏教への思いが出てくるような気もします。戦時中、私は日本の捕虜の取り調べを担当していましたが、その日本兵たちが、南太平洋の島で食べ物も水もない状況の中で救いを求めたのは、お釈迦様でしょう。仏の教えをよりどころにしていたのだと。

今の人たちの関心が薄れているとはいえ、日本の場合、仏教の影響の大きさは無視できないことです。伝統的な美術、音楽、演劇においても、仏教は中心的なものですし、お能を見ても、ほとんどの演目のワキ役はお坊さんです。そして日本人の精神の支柱には仏教がある。それなのに、日本の仏教はこういうものだと紹介することがないため、海外ではほとんど知られていません。鈴木《すずき》大拙《だいせつ》さんが活動されていたくらいでしょうか。日本人が信じている仏教、中国仏教やスリランカの仏教とはまた異なる、日本人の価値観の土台となっている仏教を、私はもっと世界に知ってほしいですね。そのために、お坊さんや宣教師をたくさん海外に派遣してもいいくらいだと思います。それにしても、今の日本人が日常的に仏教のことを考えないのは不思議ですね。新しく建立されるお寺もそうたくさんはないでしょう？

瀬戸内　そうですね。ただ、新興仏教はいろいろ出てきているようですが……。新興仏教と言いましたけど、そもそも今の仏教は鎌倉時代、それまでにあった奈良時代の仏教に反対してできた新たな仏教です。言ってみれば、当時の新興仏教なんですね。新興仏教でも、それがよければ人の心をとらえ長く残っていく。残っていけば既成仏教になるわけです。今、われわれが仏教と呼んでいるものも、もとは新興仏教だった。だから現在、新興仏教と言われるものも、それが本当にいいものなら、五十年も経てば、立派な既成仏教になるのでしょう。ただ驚くのは、最近の新興仏教はあっという間に大殿堂が建つんですよ。私は自分がお坊さんになってみてつくづく思ったのですが、仏教って儲《もう》からない。私が天台寺に法話に行くのも二十何年、手弁当で無給です。お寺もかつかつでやっているんです。だから新興仏教がなぜあんな大殿堂を建て、何千万円という仏像をぱっと買えるのか、それをぜひ聞いてみたいんです。

無常という美学

キーン　仏教の話に重ねておうかがいしますが、今回の東日本大震災を、仏教ではどうとらえるのでしょうか。

瀬戸内　仏教には「無常」という言葉があります。「ああ、こんなことが起こると死ぬんだな」とか「人はみんな死ぬ」ということを、日本人は無常と言いますね。でも、私は自分流に違う解釈をしています。無常は「常ならず」ということでね、常が無い、つまり同じ状態は続かないということ。もともと「生《せい》生《せい》流《る》転《てん》」、すべて刻々と移り変わっていくというのが仏教の根本思想で、これは外国でもそうじゃないですか？

今度のような天災があると、「無常」をすぐに死に結びつけて考えがちですが、そうではなく、同じ状態は続かないというふうに考えればいいと思うのです。平和な時代があっても、それが長く続くとは限らず、またこういう災害や事件が起きる。けれど、ずっと泣いてばかりいるのかというと、そうではない。

少しずつ元気を取り戻して立ち上がっていく。今はどん底かもしれないけど、いつまでも続くどん底じゃない。無常だから、必ず変わっていく。被災地で皆さんをお見舞いするときも、そう話しているんです。

キーン　おっしゃる通りです。と同時に思うのは、「無常――同じ状態は続かない」ということに対し、それを受け止める側の態度もいろいろあるということです。移り変わることを喜ぶ場合もあれば、非常に残念に思う場合もある。変わるのを防ぐにはどうしたらいいかを考えることもあるでしょう。たとえば古代エジプト人やギリシャ人は、何かをつくるとき、不変性を求めて石を使いました。ピラミッドは永遠に残ることを目指しています。また、中国のお寺の多くはレンガ造りです。ところが日本の場合は木を使いますね。日本でレンガ造りのお寺を、少なくとも私は見たことがありません。日本人はむしろ変わることを願っている。いつも同じでないことを喜ぶ面があるようです。

桜はどうしてこれほど日本人に愛されているのでしょうか。もちろん美しいからですが、それだけではなく、束の間《つかま》の美、三日だけの美しさ、だからです。梅の花はきれいで、匂いもいい。その香りで過去の思い出に耽《ふけ》ったり、いろいろな連想を喚起させてくれるものではありますが、しかし桜ほどの愛着は抱かれません。つまり、日本人が愛しているのは、桜の儚《はかな》さと言いましょうか、早く散ることを美の一つと見ているからです。変わることの美ですね。

こうしたことは日本文化のいたるところで見られます。陶器を例にとれば、もしヒビの一本でも入れば、外国では捨てるでしょう。しかし日本人は、金を入れて接《つ》ぎ、ヒビがよく見えるようにします。花は散り、形あるものは壊れる。何事もいつまでも続かないというのは事実です。まさに無常です。しかし、そこに美の在り処《ありか》を見出し、それが美学にまで昇華されるのは日本だけではないでしょうか。

瀬戸内　東日本大震災のことで言えば、津波で流されてしまったものは仕方がないと、悲嘆すると同時に、諦めて笑ってしまおうとするところも日本人にはあるように思います。

キーン　日本のような古くて複雑な文化の場合、いろいろな矛盾を内包しています。日本人が古いものを大事にするのは事実です。しかし、同じ日本人が古いものを平気で壊して、新しいビルを建てることもあります。そういう矛盾《むじゅん》はあらゆる国にあるでしょうが、日本の場合はとくにそれが強いですね。つまり、ものを「守る」「捨てる」「諦める」など、相容《あいい》れないことが一人の人間の中にあるのです。

少し違う例になるかもしれませんが、宗教的なことで言えば、人が死ぬと、神道ならば黄泉《よみ》の国——非常に悪いところに行くのですが、仏教の場合、極楽に行けます。日本では同じ人が神道と仏教、両方を信じています。結婚式は神道、お葬式は仏教というように。根本的には大変な矛盾です。本来、仏教を信仰するのなら、すべて仏教の教えにしたがうべきです。神道的なもの、あるいは儒教的なものを拒否するはずですが、しかし幸いにも人間は複雑です。日本の場合はとくに。そして、新しいものと古いもの、儚いものと永遠に続くもの、全部が日本の中に入っているのです。結果として、日本の文化は極めて豊かになりました。もしそうでなければ、これほどまでに深い文化にならなかったでしょう。

瀬戸内　ところで、キーン先生は日本人になられるわけですけど、ご自身の宗教観はどのような……？

キーン　その点では私は運の悪い人間で、神を信じない無神論者なのです。もし信じられたらどんなにいいだろうと思うのですが。

瀬戸内　キリスト教の洗礼は一度も受けていらっしゃらないんでしょうか。

キーン　それは受けましたが。

瀬戸内　子どものとき？

キーン　はい。子どものときは単純でしたけど、だんだんそうでなくなりましたから。たとえばキリスト教の場合、神が一週間で世界をつくったという。どうしてもそれは信じられません（笑）。ただ、もちろん他の人の信仰に対しては、私は喜んで認めます。自分自身がそうではないだけで。

ヨーロッパの古い教会を見ると、建築として非常に感動します。十年ほど前ですが、英国の都市、ノーリッジの大寺院で講演をしたことがありました。その素晴らしさにすっかり高揚《こうよう》し、あまりにも興奮していたものですから、終わってから、はたして自分が何をしゃべったのか、覚えていなかったほどです。美術として宗教を見て、私は美しいと思います。場合によっては、風景とかそういうものよりも、宗教的な絵画のほうに深く感じ入ることはありますが、しかし、それは神とは関係ないんです。レンブラントの宗教絵画を見ると、たしかに感動しますが、それは美学的な見地からです。そんなふうに私は宗教心が非常に少ないですが、日本人になる一つの条件として、どうしても仏教を信じなければならないとすれば、真面目《まじめ》に仏教の勉強をします。(笑)

永遠の『源氏物語』

瀬戸内　日本の古典文学の代表作といえば、紫式部《むらさきしきぶ》の『源氏物語』です。私は女学校に入学した十三歳のとき、『源氏物語』に出会い、たちまち夢中になりました。作家になってのちは「いつか自分で現代語に訳したい」と願い、七十歳から六年半を費やして、ようやくその思いを叶《かな》えました。先生の場合も、『源氏物語』が日本文化を知るきっかけになったんですね。

キーン　そうです。十八歳のとき、ニューヨークの本屋で手にしたアーサー・ウェイリー訳の『源氏物語』との出会いが、私のその後の人生を決定したのです。

『源氏物語』がなぜ今も人の心に訴えるのか。それを考えるうえで大事なことは、女性が書いたということです。この一点は非常に大きい。もし同時代の男性、平安朝の貴族の男性が同じようなものを書こうとすれば、まったく面白くなかったに決まっています。誰が出世したとか、失脚したとか、そういう話ばかりになるでしょう。一方、当時の貴族階級の女性はほとんど部屋の中にいて、ひたすら男性の訪れを待つだけですから、たくさん時間がありました。貴族ですので、もちろん労働もありません。そして教養がありました。紫式部は漢文にも長《た》けていて、過去に書かれた中国文学も知っていました。そうした背景のもとに、あの豊かな物語は書かれたのです。

そして重要なのは、紫式部が、人間の感情という変わらないものを描いたことです。人間は同じ。そして愛や憎しみ、嫉妬、あらゆる感情は昔も今も変わりません。けれど、男性には書けないですね。自分がどういうふうに見られるかを気にするでしょう。でも女性は感情を当然のように書きます。『蜻蛉日記《かげろうにっき》』もそうでしょう。

瀬戸内　あれはすごいですね。夫の訪れを待ち暮らしたときの狂おしいほどの愛や苦悩を、これでもかと書き綴《つづ》っていて。

キーン　自分の醜いところまでさらけ出して書く。男性にはなかなかその勇気はありません。また、『源氏物語』に政治の話はまず出てこないし、間接的に源がいいか藤原がいいか、出てくるだけです。もし平安朝という時代の様子を詳しく書いても、今の時代の私たちにはピンとこないでしょう。しかし、紫の上が感じたこと――自分は子どもを産めず、光源氏《ひかるげんじ》と別の女性との間に子どもができたときの思い――といったことは誰でも理解できます。永遠に変わらないものを書いたから、いつの時代でも、どこの国の人でも読めるのです。

瀬戸内　『源氏物語』は今の若い子が読んでもわかるんですよ。日本も一時期、儒教が入って男女関係について非常に厳しくなり、女性の貞操うんぬんと言われたこともありましたけど、人間というのは本来『源氏物語』みたいなものなんです（笑）。戦争の時代を経て、今の若い人は愛も性も自由で、『源氏物語』の世界に還っている。たとえば光源氏と紫《むらさき》の上《うえ》の関係です。十歳の女の子を見そめて誘拐してきて育てるなんて、まったくのロリータ趣味ですよ。私たちの周囲にもあるから、非常にわかりやすいんです。ところが徳川時代だと、読むのは「けしからん」となっていたんですね。明治時代に入ると、乃木《のぎ》大将の妻が若い女性に閨房《けいぼう》の心得として、「セックスするときには女は絶対に声を出してはいけない」なんて書いている。そんなの今の若い女の子に言ったら笑いますよね。今は時代が再び『源氏物語』のように、性に対して大らかになっている。だから、よけいわかりやすいんだと思います。

キーン　私は面白い体験をしたことがあります。数年前に日本からとても遠い、ポルトガル領のマデイラという島に行きました。大西洋に浮かぶとてもきれいな島で、マデイラ・ワインが有名です。そこの小さな店で最近の本を売っていたんです。並べられた本の真ん中にあったのがポルトガル語の『源氏物語』でした。

瀬戸内　ほう！

キーン　日本から遠く離れたあの島でも『源氏物語』があると知って、私も本当に驚きました、いつの時代であれ、どこの国であれ、誰にもわかるものを書いたから、たとえ物語の中に自分たちの文化にないものが出てきても、不思議と邪魔にならないんです。女性が結婚してから歯を黒く塗る、眉を剃《そ》る、あるいは髪の毛が自分の身の丈よりも長いとか、実際に見たら怖いような（笑）様子が出てきますが、小説を読む喜びの妨げにはまったくなりません。いちばん最初の英訳本は、アーサー・ウェイリーによるものでしたが、彼はところどころ原文を変えました。意図的か、本当に知らなかったのかはわかりませんが……。たとえば、『源氏物語』の女性たちは、当然ながら、みな床に座りますね。しかし、彼の常識では貴族の女性が床に直接座ることはない。だから、翻訳本では椅子が登場します（笑）。そうでなければ貴族の婦人らしくないと思ったのでしょう。しかし、そういう例は非常に少ない。どこの国、どの言語であろうと、読者はすぐに『源氏』の世界に没頭し、自分たちの文化とちょっと違うことがあっても、まったく問題にしません、人間の感情という、それよりも大事なものが描かれているからです。

瀬戸内　私はあの物語の登場人物の中で、紫の上がいちばんかわいそうだと思う。だって、十歳で連れ去られ、もう光源氏しか見てはいけないという育てられ方をして……。紫式部が小説家として優れているのは、彼女に子どもを産ませなかったことですね。子どもを産んだら光源氏とかかわりのある他の女性と同じになる。子どもを産ませないから、よけい悲劇的になるんですよね。光源氏の子どもを産んだ明石《あかし》の君に嫉妬するでしょう。当たり前ですよ。でも紫の上はその子を引き取ります。それは源氏が考えたことだけど、紫の上が承知しないとできないこと。紫の上は喜んで「私は子どもを好きだから」と引き受ける。あれは明石の君に対する復讐《ふくしゅう》だと思うんです。

もちろん紫の上はお乳が出ない。出ないおっぱいを子どもの口にふくませますね。ああいうエロティックな場面はちょっと書けない。紫式部は本当に小説を書くのがうまいです。先生もおっしゃるように、人間の心理をその隅々までこと細かく書いてくれるから、筋が面白いだけの小説とは違うんです。それこそ門番の心の内まで書くんですから。

キーン　『源氏物語』では、人と人との対立はあっても、暴力はありません。それも大きな特徴ですね。私が英訳を読んだのは一九四〇年でしたが、実は、この年は私の生涯で最も陰鬱な年でした。つまり、ナチ・ドイツが近隣諸国を侵略し、ヨーロッパ戦線が拡大した年です。ノルウェー、デンマーク、オランダ、ベルギー、フランスが占領され、真夏のバトル・オブ・ブリテンの後、九月からはロンドンへの空爆が始まりました。次はアメリカが攻撃されるに違いないと。私は反戦主義者でしたから、武器を使わないでいかにナチ・ドイツの侵攻を止めることができるか、毎日、悩んでいました。戦争やナチに対する憎しみが募り、各国に対するナチの侵略についてのニュースを知るのが怖くて新聞も読めないほどでした。自分を取り巻く世界がすべて暴力ばかりで、今思い出しても、あれほど悪い時代はありません。そんなとき、偶然にも『源氏物語』が私の前に現れ、束の間、暴力の世界から連れ出してくれたのです。

読むうちに、人間は何のために生きるのかという根源的な問題の答えの一つを見つけました。美のためです。美のために、話すときでも美しい言葉を使い、歌の言葉を引用するのも、自分の知識をひけらかすためではなく、自分の言葉を美しくするためなのです。着るものも行動も、すべて美のため。光源氏は刀を持っていたのでしょうか。持っていても使わなかったはずです。

瀬戸内　あの長い物語の中で、刃物が出てくるのは一ヵ所だけ。頭中将《とうのちゅうじょう》と光源氏が、すでに当時ではおばあさんといっていい五十七、八歳の源典侍《げんのないしのすけ》を奪いあい、争うところです。灯りの消えた部屋でふざけて刀を抜くのです。お互いに傷つけようと思っていない。あくまで冗談です。その場面だけですよ、刀が抜かれるのは。男が威張って、女が虐げられている時代ですから、現実の中では暴力があったかもしれないけど、あの物語の中には暴力は描かれていない。そこもいいですね。

キーン　ずっと昔、映画になった『源氏物語』を観ました。光源氏と紫の上が縁側で話している場面。庭から変な音がするので光源氏が下りてみると、三人の覆面の男がいるんです。あれは柔道なのか合気道なのか、光源氏は三人を片づけて縁側に戻り、何事もなかったかのように、また会話が始まる……。あれは映画の演出でしょう。（笑）

瀬戸内　都を追われた源氏が須磨《すま》に流されるところがありますね。すべてを失い、それから生活を立て直してまた都で認めてもらおうと思った矢先に、大嵐に遭う。そこは今回の震災に重なるところもあると思いました。人間が逆らうことのできない天災があって、家もだめになり、これからどうしようと思っているときに、迎えの舟が来る。地方官である明石入道が迎えに来たのです。それで光源氏は助かり、明石で暮らし、その後、都に帰って復権し、出世します。

一方、都で娘を出世させたいと願っていた明石入道は、源氏を助けることで娘と会わせることができます。嵐が、源氏にとっては新たなスタートを切る契機となり、明石入道には願いを叶えるきっかけとなる。つまり、不運や天災に見舞われても、乗り越え、それを再生や次のチャンスにつなげることができるのです。

千年前から天災はありました。そういうことも『源氏物語』には書いてあります。「野分《のわき》」の帖《じょう》にも、嵐が来て庭が荒れた場面が描かれていますね。そういうふうに現代につながる読み方がいくらでもできる。そこがまた面白い。先生のおっしゃる感情の面もそう。人を好きになるのだって、一人しかいけないと言われても、三人同時に好きになったりするじゃないですか（笑）。そういうのは仕方ないですよね。

キーン　『源氏物語』の現代語化はできますけど、一つだけできないのは、現代の光源氏を創り出すこと。光源氏はまったくユニークです。女性よりも美しく、その体からは見事な匂いが香りたつ。絵画も踊りも上手で、恋と美に生き、すべての女性の憧れの的でした。

瀬戸内　光源氏が浮気で誰にでも手を出していやだと言う人もいるけれど、彼は誰かを好きになったとき、その女性の前では一所懸命に「あなたを好きだ、あなたしかいない」と言うんですよね。あれが、ドンファンのいちばん大事なところです。で、今度はあっちを向いて、「あなたしかいない」（笑）。色男で女たらし、だけど憎めない。

キーン　光源氏は『源氏物語』の中だけに存在します。

瀬戸内　現代には甦《よみがえ》りようがないですね。

日記と日記文学

キーン　私は日記文学にみる日本人を『百代《はくたい》の過客《かかく》』に書きましたが、いにしえの人々に限らず、日本人にとって、日記はとても重要なものです。私は戦時中、捕虜となった日本兵の尋問《じんもん》を担当していましたが、日本人に対して敵愾心《てきがいしん》はまったくなく、友達同士で話しているような感じでした。そのとき、とくに私が専門にしていたのは、日本兵が持っていたり、残したりした日記と手紙を読むこと。多くのアメリカ人の同僚は、日本語を話せても字は読めませんでしたが、私は日本人の崩し字も勉強していましたから。そして、日記を読んで、私は初めて日本人を知った気がします。戦後、戦死した日本兵の日記や手紙、写真といった遺品をご家族に届けたりもしましたが、遺族にとっても、日記は特別のもののようでした。

瀬戸内　今回、被災地に行きましても、日記や手紙を失ったと嘆く方が大勢いらっしゃいました。

キーン　日本人は、出来事や思いを言葉や文字で書き記すことを大事にするのでしょう。海外でも日記を書きますし、誰それの日記として知られたものもありますが、日本のように日記文学というジャンルはありません。紫式部も日記を書いていますが、平安朝から現代まで、実にたくさんの日記が残っています。

とくに女性の場合、考えていることをなかなか言えず、言う場所もありませんでした。そういう人たちは、誰にも打ち明けられない自分の思いを日記に託していたのですね。先ほども出た『蜻蛉日記』は「藤原道綱《みちつな》の母」の作として知られていますが、名前はありません。そういうふうに、無名の人が書いたものではあっても、面白い日記がたくさんあるのです。他の国では、有名な人の日記でなければ誰も読まないですよ。
瀬戸内　古典の日記の中では、私はやはり『蜻蛉日記』がいちばん傑作だと思います。思ったことを、そのまま書いてあります。あれほど赤裸々に夫のことを書く女性は、当時、いなかったのではないでしょうか。
キーン　私にとっても『蜻蛉日記』は興味深いものの一つですが、『とはずがたり』も大好きですし、樋口一葉《ひぐちいちよう》の日記も面白いですね。私が日本人になろうと思った気持ちと重なる高見順の「日記」は、またユニークです。新聞記事があちこちに貼ってあり、お母さんを殴った話まで書いています。書かないで一日抜けると、日記に対するお詫びが書いてある（笑）。高見順の文学が未来にも読まれるかどうかはわかりませんが、日記は必ず読まれるでしょう。
瀬戸内　ご自身では日記はつけていらっしゃるんですか？
キーン　九歳のとき、父に連れられてヨーロッパに行ったとき、見たものをすべて書きました。今も残っていますが、読むと、極めて散文的な子どもだったことがわかります。（笑）

瀬戸内　今は……？

キーン　あのときだけ。もう遅いですね（笑）。でも、日本の日記を読むのは実に面白いです。

瀬戸内　私も書いていません。忙しくて書く暇もない。書こうとすると、ついつい丁寧に書いてしまうものですから、結局、続かないんです。それに、自分のこと、恥さらしなことも、これまであちらこちらにずいぶん書き散らしていますからね。ただ、やっぱり書かないこともあります。知られたくないってこともある。人間、全部をさらけ出すことは絶対にできないです。日本で私小説というと、貧乏したとか、病気をしたとか、つらいことをたくさん書くのが傑作と言われるふしもあるようですが、でも、小説にする以上、どこかで自分をかばっていますよ。本当に悪いことは書けない。作家の場合は日記も同様です。いつか活字になって誰かに読まれることをどこかで意識していますからね。作家の日記にすべての心の真実を読み取ることは難しいけれど、それでも日記文学には惹かれますね。

第三章
同じ時代を生きてきた

日本人が忘れてきたもの

瀬戸内　先生に初めてお会いしたのは、もうずいぶん前のことになりますね。

キーン　どのくらい前かは覚えていませんが、福井県の武生《たけふ》で行われた紫式部関連の催しのときだったと思います。講演の後、平安時代の食べ物もいただきましたね。あまりおいしくなかった。（笑）

瀬戸内　そうでした（笑）。実は、先生は私の恩人です。『夏の終り』で女流文学賞を受賞してから長いあいだ、私は賞とは無縁でした。それが七十歳のときに谷崎賞をいただいた。聞くところによると、選考のとき、先生がとても熱心に推してくださったとか。

キーン　私もときどき、いいことをします。（笑）

瀬戸内　日本にいらしてどのくらいになりますか？

キーン　初めて日本に留学したのはもう六十年前です。

瀬戸内　私もデビューして六十年ちょっと。五十一歳で出家して、もうすぐ四十年ですから、書いてきた時間は出家してからのほうがうんと長くなりました。これまでを振り返ってみて、私にとっていちばん大変だったのはやはり戦争です。私は女学校でも大真面目な優等生でしたから、戦争が始まっても、これは聖戦だと言われたことをそのまま素直に信じていました。戦況が悪くなっても落ち着いていましたね。だから、日本が負けたと知ったときは、びっくり仰天。中国から命からがら引き揚げて、すっかり焼かれた郷里の徳島にたどり着いたときには、日本はなんて大変な戦争をしたんだろうと思いましたよ。それからは、もう人の言うことは聞かない。自分の気持ちに従い、自分の感じたままに動こうと決意したんです。私の中で大改革が起こったのです。それで家を飛び出すことになって。敗戦がなかったら、普通の奥さんをやっていたかもしれない。

考えてみれば、それまで日本では女性に選挙権もなかったんです。戦争に負け、女性たちはアメリカの力で初めて選挙権を手にしました。いわば棚からぼた餅ですよね。でもそれまで、政治への参加を求めて、たくさんの女性たちがどれだけ努力してきたことか。その頑張りがあったから、いざ受け入れたときに、ちゃんと使いこなすことができた。そういうこと、今の若い人たち、わかっているかしら。

キーン　終戦の年の十二月、私は丸一週間、日本にいました。非常に長く、すべてを破壊するような恐ろしい戦争でしたから、日本人はアメリカ人の私に対し、きっといくらか敵愾心《てきがいしん》が残っているだろうと思っていました。でも実際には、それらしいものを感じたことは一度もなく、むしろ、日本人はとても親切でした。たとえば、ぜんぜん知らない人が「お茶はいかがですか」と、家の中に招き入れてくれ、お菓子のかわりに一切れのさつまいもをふるまってくれたことさえあります。本当に感激しました。

滞在中に床屋に行きましたが、あとでよく考えると、私の髪を切り、髭《ひげ》を剃ってくれた若い女性は、その気になれば簡単に私のノドをかき切ることができたんです。けれど、そんなことはなかったし、私は怖さもまったく感じませんでした。そんな日本人の態度を見ていて、戦争はもしかしたら悪夢だったかと思えるほどでした。もちろん東京の街のいたるところ家は崩れ落ち、人々はバラックとか、ひどいところに住んでいて、服装も汚れていました。戦争はたしかにあって、日本は敗戦国となったのです。私は敵側だった人間ですが、日本人は外国人を憎んでいないという気持ちを、しっかり感じることができました。不幸にも、下された命令のもとに戦争をやったけど、それは終わった……。日本人の外国人に対する親切さも、以前のように戻ったのです。私はそう感じました。

瀬戸内　日本人のことを悪く言われ出したのは、「お金、お金」になってからですね。一人ひとりが一所懸命に働いた結果、経済が豊かになったからだけれど、いつの間にか、お金さえあればいい、何でもお金で解決すればいいと。よその国にもたくさんお金を出すようになりましたが、そこに心がこもっていないとね。戦争で全部なくしたら、まず家がなきゃ困る。家ができたら、飾るものが欲しくなる。「ああ、昔はこんなものがあったなあ」と思ったら、それも手に入れたくなる。着るものもそう。暑さ寒さだけをしのげればよかったのが、もうちょっときれいなものが欲しい。そうして、次から次へと物が欲しくなる。物を手に入れるにはお金がいる。だから、いやでも拝金主義になったんです。

　気がつけば、日本人といえばお金の亡者《もうじゃ》のように言われてしまって。実際、そう思われても仕方ないところはあります。ただね、戦争後の庶民は貧しかった。何もかもがない中で、まずお金がなければどうにもならなかった。物一つ買えなかったんですものね。それで一所懸命に頑張って豊かになったけど、お金とか物とか、目に見えるものばかり大切にするようになってしまいましたね。だから子どもでも、昔の子は褒められるのが嬉しくてお使いに行ったのが、今の子どもは、お使いから帰ってきてニコニコしながら手を出す。「お駄賃ちょうだい」（笑）。人の心という、目に見えないものの大事さを忘れているような……。ただ、震災後の皆さんが助けあう姿を見て、ああ日本も捨てたものじゃないと、ほっとしたところはありますけれど。

美しい風景を壊さないで

キーン　変わったと言えば、日本は世界の中でもとてもきれいな国です。私はそう思っています。海も山も美しく、さまざまな花が咲きます。しかし、日本人は戦後、森を切り崩して分譲地にしたり、マンションを建てたり、その美しさを自分たちの手で壊している。

瀬戸内　そうそう、ゴルフ場にしたり。

キーン　ゴルフ場は最悪ですね。いつか行った町にゴルフ場があり、芝を整えるために使った除草剤や農薬の毒素が水道水に混じって、大騒ぎになっていました。住人の健康を蝕《むしば》み、不安にさせてまで、ゴルフ場は必要でしょうか。私には理解できません。

それだけではありません。景色の素晴らしい場所はその美しさを護《まも》っていくべきなのに、日本三景の一つと言われる松島は最悪です。島々が浮かぶ景色はたしかに日本一かもしれませんが、観光地化されて俗悪、おそらく日本でいちばん醜《みにく》いところの一つだと思います。私は何度か松島を訪れていますが、感激したのは最初のときだけです。その後に訪れたときは、こんな経験をしました。観光地化された町の様子に疲れて瑞巌寺《ずいがんじ》に逃げたのですが、以前に『おくのほそ道』の旅行をしたときは、その荘厳な美に敬服したものです。庭園には紅梅と白梅、二本の立派な梅の木が美しい花を咲かせていました。しかし、このとき瑞巌寺に入ると、あちらこちらからガイドのマイクの声が聞こえます。何か冗談でも言っているのか、笑い声がこだまし、響き渡り、我慢できませんでした。そこを逃れ、海岸まで行って、ようやくほっとしました。ところが島々を眺めていると、足元から音が聞こえるのです。「次の遊覧船は十時〜」（笑）。よく見ると、二、三メートルの間隔で地面に埋め込まれた拡声器から、案内の声が流れているのでした。それが今の松島です。

その昔、松島を訪れたときは、『おくのほそ道』にふさわしい、素朴だが風情のある宿に泊まりました。二階の部屋からは、襖《ふすま》を開ければ窓の向こうに美しい景色を眺めることができました。今は高層ビルが建ち、せっかくの景色を台無しにしています。誰がそれを許したのでしょう。日本人の無関心は本当に不思議です。

瀬戸内　京都もひどいですよ。寂庵《じゃくあん》のある嵯峨野《さがの》なんて本当にいいところだったんですけど、旅行して一週間留守にして帰ってきたら、家が一軒建っている。寂庵の前には畑が広がっていたのが、みんな宅地として売られてしまって、どんどん家が建っています。引っ越したいけど、行くところもないし……。

キーン　私の知人の英国人で、やはり日本国籍を取得されたC・W・ニコルさんという人がいます。彼は自分の本の印税で日本の森を買っています。自分のためではなく、分譲地にならないように、森のある土地を守っているんですね。そういう日本人がもっといていいはずです。

瀬戸内　戦後、どの町の駅前も同じような景色になりましたね。違ったところに来た気がしません。フランスにカーンという町があります。列車に乗っていて、ふと降りたくなって、立ち寄ったんです。懐かしい雰囲気のする、とても素敵な町なんですよ。聞くと、そこは戦争中、爆撃でメチャメチャになったのを、昔のままの町に戻したんですって。ここに八百屋があった、あそこに鍛冶屋があった、というふうに。その説明を聞いて、だからフランスの田舎町に来たような感じがしたんだなと納得したんです。駅前広場の前に壁があって、そこだけ爆撃されたときの様子を記念に残して、あとは昔のまんま。そんなふうにしているところもあるんですね。

キーン　ドイツのフランクフルトを二度訪ねたことがあります。一度目は、町の真ん中の広場にガソリンスタンドはあるし、建物もつまらなく、まるできれいではありませんでした。十年後、また訪ねてみたら、中世の町になっていて、これが同じところかと驚きました。ガソリンスタンドなどは跡形もなく、聞けば住人たちが意見を出し、協力しあって、そのように変えたそうです。お金がいることは確かですが、やればできるのです。せっかく美しい場所なのに、その土地を売って醜いものを建てたのでは、永遠に美しい財産を失うことになります。

日本にはまだまだ古くて風情のある町がたくさん残っています。私は瀬戸内海に面した広島県の鞆《とも》の浦《うら》という港町がとても好きです。古い町並みがそのまま残っていて、その昔、韓国からの使節団が泊まった建物なんかも、まだそこにあります。ところが今度、埋め立てて橋をつくるという話があるそうです。

それを聞いて、せっかくの町の美しさが台無しになると思いました。そういう設備があると、大きな工場ができたり、いろいろな施設もできる。それを喜ぶ人たちもいるでしょうが、二度とあの町の美しさは取り戻せない。心から心配しています。

瀬戸内　被災した東北の町を、これから立て直していきますよね。どういう町にしていくのか……。昔のいい風景はぜひ残しておいてほしいですね。

キーン　そのうえで、人間が楽しく生活できる町、子どもたちの遊び場があるとか、心からくつろげる場所があるとか、そういうことをぜひ考えるべきですね。この震災が、これまでの町の良さをいかしつつ、今まで以上に安心で住みやすい町づくりのチャンスとなれば良いと、心から祈っています。まだまだ苦しいことは多く、道は遠いでしょうが、なんとか災害から復興し、東北が実り多い新たな時代へと進んでいくことを望まずにはいられません。

生き残ったことの意味

瀬戸内　東日本大震災の話が出ましたが、もう一年になりますね。被災地に行ってみると、はじめは足の踏み場もなくて凄《すさ》まじい状態だったのが、時間の経過とともに、道がつき、車が通り、瓦礫の捨て場所はまだ決まっていなくても、一つところに集められて、徐々にきれいになっていますよ。被災された方々はそれぞれに、やむを得ずではあるでしょうけど、仮設住宅に入ったり、引っ越しをしたり、ともかく日々の暮らしを懸命に立て直そうとなさっている、やっぱり時間というのはすごいもので、同じ状態は続かない。一年なら一年だけの足跡がありますね。この先も、どんどん変わっていくのでしょう。

キーン　昨年九月にニューヨークから日本に戻った際、ニュースで状況を見ていましたので、日本に着いて銀座に行ったとき、さぞ暗いだろう、エレベーターは使えないだろうと思っていたのですが、東京は以前とまったく変わっていないのに驚きました。それから秋には仙台で講演をしましたが、中心街から少し離れたところで地震の爪痕《つめあと》は見られるものの、町の中心部は明るく、ホテルは東京のどこよりも豪華に見えました。仙台一帯がどの程度の被害を受けたか、私は詳しく知っているわけではありません。被害から立ち直っていない場所も当然あるでしょう。しかし、非常に速いテンポでもとに戻っている印象も受けました。

あれからさらに時間が経って、被災地の状況もどんどん変わっているでしょう。祭りやイベントが復活していますが、それも必要なことかもしれません。起きてしまった災難のことをいつまでも考えていては、人間、憂鬱《ゆううつ》になって元気をなくし、未来を見据えることも困難になります。もちろん、本当は忘れることなんてできないですし、また、忘れてもいけません。被災された方々を日本全体で支援し続けることは非常に大切なことです。私にもできることがあれば、やりたい。しかし一方では、もとの普通の生活に戻りたいとか、日常的な楽しみを味わいたいという気持ちも大事です。

瀬戸内　この時期、家族や大事な人たちを失った人たちは、日常を取り戻しながら、少しずつ悲しみの中から立ち上がってきています。その一方で、「どうして自分だけ生き残ってしまったんだろう」と、落ち込んだまま、前に進む一歩をなかなか踏み出せずにいる人がいます。あとに残されるほうがつらいということもあるんです。あるいは、悲しみが少しずつ薄らいでくるのは自然なこと、忘れるのは仏様や神様が与えてくれた恩恵なのに、「今日は亡くなった家族のことを忘れる瞬間があった」「自分はなんて薄情なんだ」と、自分を責める人もいます。

これだけ大勢の人が亡くなったわけですよね。なかなか気持ちの整理はつかないけれど、生きている人は、その中でなぜ自分だけが生き残ったかを考えてほしい。なぜ一緒に死ななかったのか。なぜ生きているのか。それはね、自分が残ったんじゃない。残されたんだと私は思うのです。残された人には残されただけの理由があるんですよ。生きて、誰かの役に立つために残ったんじゃないでしょうか。亡くなった方たちは、ちっとも悪いことなんてしていない。みな善良な人たちです。その人たちが苦しみを引き受けてくれたんだから、そのことに感謝しながら、残された人は生き続けなきゃいけないと思うんですよ。

キーン　私は中尊寺で、犠牲者のご家族の前で講演をしました。もちろん初めて会った方たちばかりでしたが、なぜかつながりを感じたんです。握手を求めるおばあさんが何人もいました。少しでもその方たちの慰めになるのなら、それだけで私にも生きる意味があると思いました。

瀬戸内　キーンさんが日本に永住することを決意してくださったのは、大きな励ましですよ。傷ついている人たちにとっては、なおさらです。先生のような方が一人でもいてくださると、「ああ、日本はやっぱりいいところなんだ」と誇りを失わずにすむ。やっぱり人間は住んでいるところに対し、誇りを持たなかったらしょうがないですからね。それでなくとも、日本人は今、自信を失っているんですから。

今回のことでは、日本全体で反省しなきゃいけないところがあると思うんです。自然に対し、人間がちょっと思い上がってしまってね。自然がいろいろな恵みを与えてくれているのに、それに対する感謝を忘れてしまっている。先ほどの自然や町の美しさを壊している話もそうですよ。目先の利益とか便利さばかりを優先させてね。そうして技術ばかりどんどん追求し、何でもできるというふうに思い込んで、人殺しのものをつくっているでしょう。それでいて、原発をつくる能力があるのに、放射能を抑える技術はないんですからね。毎年毎年やってくる台風の被害を食い止める技術一つないじゃないですか。人間の能力なんてたかが知れてるんです。

キーン　今回のことで、学ぶことはたくさんあります。それを次にいかせば、日本はもっとよくなるはずです。私はそう信じたいのです。

瀬戸内　被災地で、お墓があちこち崩れている場所があったんです。大きなお墓ほど倒れている。そこに若い男性が一人ぽつんと立っていましてね。東京の大学に行っていたけれど、おじいさんの命日だからお墓参りでもしようと思って来たんですって。「でも、これじゃあ骨壺も何もどうなっているかわからない」と言うんです。そのくらいメチャメチャに壊れているんです。一緒に拝んで供養しましてね。その青年は東北の海のそばの子だからでしょうね、大学で海洋学を勉強しているそうです。お父さんがやっていた水産関係の会社は津波でだめになったって。私が、「海洋学を勉強して、津波が来ないようにするのを発明してくれない？」と言ったら、笑っていましたけど。

私は、将来必ず東北の子どもたちの中から、津波が来ないようにとか、被害を少なくする方法とか、そういうのを発明する学者が出てくると思いますね。自分の身内や知りあいやお友達がたくさん亡くなっているでしょう。こういう不幸はすべてがマイナスではない。プラスになるものが必ず生まれるんですよ。そこに私は期待します。

キーン　テレビで見た震災後の映像が忘れられません。私はまだニューヨークにいたのですが。人々はみんなで協力しあいながら瓦礫《がれき》を片づけ、食べ物を分けあい、お年寄りを気づかいながら災害に立ち向かっていました。戦争が終わったときも、こうやって立ち上がってきたはずですから、町は立ち直るし、東北は甦《よみがえ》るし、その東北の頑張りを日本中が見習うようになるでしょう。

瀬戸内　きっと、そうなりますよ。私も先生も、もう九十歳ですからね。立派になった日本は見られないかもしれないけれど。

キーン　（笑）

大地は記憶する

瀬戸内　先生は世界中を飛びまわっていますが、私も現地に行く主義、すぐにその場所に行きたくなるんですよ。やっぱり小説家ですからね。小説家は現場、実物を見たほうがいいんです。本を読むだけでわかることはありますよ。だけど人が泣くのを実際に見ると、泣いている描写を読むよりも、ぱっとよくわかる。ああ、こんな顔して、こんなに身をよじって泣くのかなとか。やっぱり、見なきゃわからないんです。土地もね、「渋谷に行きました」と書いても、実際に渋谷を歩いたことがないと、それは使えない。京都なんか変わらないというけれど、ずいぶん変わっています。実際に見ると、「こんな汚い場所だけど、ああ、昔はここが宮廷だったんだ」というふうに思ったりね。大地は、そこで起こったことを全部記憶しているものです。その大地の声が体に伝わってくるんですよ。足の下から。だから、そこへ行かなきゃいけない。半年間寝たきりだった私が、ヨタヨタしながら東北の被災地に行ったのも、ニュースではいくらでも報道されるけど、自分の足でそこに立ち、自分の目で見なければ本当のことを感じないと思ったからです。

キーン　私が初めて芭蕉の足跡を追って、『おくのほそ道』を歩いたときの気持ちも、まさにそれです。芭蕉が見て感じたことを、自分の体でも感じたいと。

瀬戸内　イラク戦争の直後も現地に行きましたが、それは向こうの子どもたちが薬がなくて困っていると聞いて、いても立ってもいられなくなったから。私、すぐにいても立ってもいられなくなるタチで、何とかしなきゃ、とにかく薬を持っていってあげようと行動開始。ところが、お金を集めて、自分のお金も出して、それを持って製薬会社に行けば売ってくれると思ったら、外国に持っていく薬は売ってくれないんですね。どうやら、そういう法律があるらしいの。困ったけれど、そうだ、大塚製薬があると思って。大塚製薬、私の郷里の徳島の会社だから、「どこも売ってくれない。内緒で売って」とお願いすれば大丈夫かと。そしたら、「内緒で売ったら、えらいことになる」と言われて（笑）、そのかわり、トラックいっぱいのカロリーメイトをいただきました。カロリーメイトは食品だから大丈夫なんです。注射器とか医療器具もいいというので、そういうのもたくさん集めて、力持ちの男性と向こうの言葉ができるという男性と私の三人でイラクに行ったんです。

戦争の後ですから、混乱していて大変でした。外国の記者たちも、ホテルの一つところに集められて、自由に動けない。そんな緊迫した場所に、女一人を含む妙な三人連れがやってきたわけですからね。言葉も結局、通じなかった。頼りになるのは、東京のイラク大使館からいただいてきた「私たちは何も野心がない。ただ医療品を持ってきました」という一枚の証明書だけ。あやうく拘束されそうになったとき、私が被っていた帽子を取ったんです。すると相手は「わーっ、おまえは男か女か」（笑）。「私は仏教の尼さんだ」「自分たちは女の頭なんか剃らない。すぐイスラムに改宗せよ」というようなやりとりがあって、ようやく、こちらの目的を理解してくれたんです。そういう経験もありました。

キーン　大変なこともありますけど、自由に他の国に行けるのは幸せなことです。私は四、五回、冷戦時代のソ連に行ったことがあります。あちらの日本文学研究者や安部公房《あべこうぼう》さんの翻訳をしていたロシア人に会うのも目的の一つでした。大学で日本文学を教える女性の教授でしたが、すぐに友達になり、彼女もざっくばらんに自分の生活について話してくれました。ただし、政治的な話はいっさいなし。そして、話すのはいつも町を歩いているときだけ。盗聴がないかと用心せざるを得ないのです。バスに乗ると、彼女は途端に沈黙、周囲の座席を気にして、何も言わない。そして、バスから降りると、ほっとした顔で話し始める……。住所をたよりに彼女の自宅を訪ねたことがありました。ところが部屋のベルを何度鳴らしても誰も出てこないのです。仕方がないので、メモ用紙に日本語で「私は誰々、どこに泊まっている」と書いていると、ドアが開きました。そこにいたのは教授のご主人で、私が日本語を書いているのをドアの覗《のぞ》き穴《あな》から見て、警察やそれに類する者ではないと判断し、ようやくドアを開けてくれたのです、そういうことは、いろいろな場面でありました。飛行機に乗って離陸を待っていても、最後の瞬間に「降りろ」と言われるのではないかと不安でした。私に政治的な何の意図がなくとも、たえず緊張していました。

また別の日本語学者と話していたときのことです。原稿を書くために東京の小さな部屋で缶詰めになっていたことを思い出して「まったく牢屋《ろうや》のようでした」と言うと、「いいえ、それは牢屋ではない」という答えが真顔の彼女から返ってきました。他に説明はなかったのですが、彼女が日本のスパイとして逮捕された経験があることを、のちに知りました。厳しい環境のもと、ソ連の人々はよその世界を好きなように行き来することはできなかったのです。何の情報もない。日本研究をしながら、日本の土地を踏んで実際の日本を見ることもできず、海外でどのような日本研究がなされているかを知る手段もないことに、私は心から同情しました。あらためて、学ぶため、世界を知るため、どこにでも行くことのできる自由の大切さを実感したものです。当時のアメリカとソ連は非友好関係にありましたが、私が訪問することで、出会った人たちに世界の情勢をわずかでも伝えられればと願っていました。それが成功したかどうかはわかりませんが、少なくとも、一人くらいは人非人でないアメリカ人がいることは知ってくれたと信じたいです。

人生の三大事件

瀬戸内　私が九十年生きてきて、いちばん大きな事件は戦争ですけど、今、先生がおっしゃった、ソ連がロシアになったことも大事件でした。私たちが育った頃、インテリはほとんど左翼で、左翼でなければインテリにあらず、みたいな時代でした。ですから、そのソ連が崩壊してロシアになったときは本当に驚きました。プロレタリア文学を志向していた人たちは、足元をすくわれて、そのあと書けなくなったんじゃないかと思います。私の生きてきた時代の三大事件を選ぶなら、一つが日本の敗戦。二つ目がソ連がロシアになったこと。そして――三つ目は、アメリカのオバマ大統領就任です。アメリカで黒人の大統領が誕生するなんて想像もできませんでした。三つとも、あり得ないと思っていたことばかりです。長く生きてきたおかげかどうかはわかりませんけど、時代が大きく変わるところを見てきましたね。

そうそう、ニューヨークの世界貿易センタービルがテロの攻撃を受けた九・一一の事件も衝撃でした。私はそのとき東京のパレスホテルに泊まっていて、誰かの会で花を贈ろうと思って地下の花屋さんにいたんです。花束をつくってもらっていたら、私の袖《そで》を引っぱる人がいて、見ると、私と同じか少し若いくらいの女の人が、「ちょっと話がある」と。ご主人も一緒でした。話をうかがうと、ニューヨークに出張中の息子さんが、ちょうどあのビルで会議中に飛行機がぶつかり、今、行方不明だと。「これからアメリカに向かうけど、どうしたらいいかわからない」と。私がこんな尼さんの格好をしているものですから、それで声をかけてみえたんですね。「大変ですね。本当にお気の毒だけど、テロの相手を恨んで仇《かたき》も討てないし」と私が思ったままを言うと、それまでシュンとしていたご主人がパッと顔を上げて、「こういうことは二度とけっこうです。仇討ちで人を殺すのは絶対にいやです」。そして、「耐え忍びます」と、キッパリおっしゃったの。そのご夫婦とはしばらく文通をしていましたけど、すごく心に残っています。

キーン　戦争やテロを見ていると、人間は攻撃的な動物だとつくづく悲しくなります。わざわざ自分たちで戦争をつくり出している。本当にひどいです。

瀬戸内　先生は三大事件に何をあげます？

キーン　世界的なことなら、寂聴さんがおっしゃった通りです。まったく同じ意見です。しかし、自分の生涯でいちばん大事な出来事を一つ選ぶなら、それはアメリカ海軍の日本語学校に入ったことです。それから現在まで、日本語を考えない日はまずありません。自分の生活も、自分の仕事も、あらゆることは、日本語の世界に入ったことから始まりました。

瀬戸内　縁ですよね。先生とその日本語学校と、ご縁があったのですね。前世は日本人だったかも知れない。(笑)

キーン　私には、中学や高校時代から今までつきあいのある友人は一人もいません。友人と呼べるのはすべて、私が日本語を学び始めてから出会った人たちばかりです。戦争中、取り調べを通して知りあった日本人の捕虜、初めて教鞭《きょうべん》をとったケンブリッジ大学の友人、日本に留学して以来、親しくなった人々……。あのとき、海軍の日本語学校に入っていなかったら、私はどんな人間になっていたか、どんな人生を送っていたか、まるで想像ができません。もちろん、今のこの人生を、とても幸せだと思っています。

忘れ得ぬ人たち

瀬戸内　先生が日本を好きでいてくださるその理由には、とても優れた、良い日本人のお友達がいたこともありますね。

キーン　そのことは非常に運がよかった。京都大学の留学生時代、まったくの偶然でしたが、私が下宿していた家に永井道雄《ながいみちお》さん（元文部大臣）が引っ越してきたんです。私はアメリカ帰りの京大の助教授が隣に入ると知って、大変がっかりしました。どうせ英語の練習の相手をさせられるか、アメリカではこんなに素晴らしい自動車を持っていたと自慢話を聞かされるか、そんなふうに思っていたんです。

しかしある晩、下宿の奥さんの都合で、二人で一緒にごはんを食べることになったのです。そして、その晩から生涯の友達になりました。永井さんの紹介で、彼の幼稚園からの幼なじみである嶋中鵬二さんを紹介され、嶋中さんもまた生涯の友となったのです。中央公論社の若き社長であった嶋中さんは、無名の外国人である私の文章を初めて雑誌に載せてくれ、その後も私を終生応援してくださった。そういう友達を得たのですから、日本に感謝するほかありません。

瀬戸内　三島由紀夫《みしまゆきお》さんとも親しくされていましたね。亡くなられたときは、さぞびっくりなさったでしょう。

キーン　本当に驚きましたが、あとで、いろいろその兆《きざ》しがあったという気もしました。ただ、私はそれを敏感に察知できなかった。三島さんと親しくなりはじめた頃、彼はベタベタする関係は嫌いだと私に明言しました。ですから、お互いに悩みを語りあうことはまったくなかった。彼は心に何か鬱屈した思いを抱え込んでいても私には言わず、むしろ楽しい話ばかりしました。亡くなる三ヵ月前、下田で会ったとき、私は何かを感じたんでしょうね。それまでの私たちの約束を破って「もし何か心配事があるなら話してください」と初めて聞きました。三島さんは、目をそらし、何も答えませんでした。けれど、三島さんはすでにそのとき、三ヵ月後に自分が死ぬことを決めていたんです。八月に書き上げていた最後の原稿を、自決する十一月二十五日に渡すことだとか、すべてを計画していました。しかし、そのことに私は気づきませんでした。亡くなったと聞いたときには大変驚きましたし、とても悲しくなりました。

瀬戸内　これは嶋中さんにうかがった話ですけど、三島さんがノーベル賞を取れなかったのは、日本文学をよく知る方が選者の中にいて、その方が、三島由紀夫さんの名前が候補にあがったとき、「この人物は左翼だ」と言って、結局、だめになったのだとか。

キーン　それは本当です。私はそのときコペンハーゲンにいて、あるデンマーク人に会いました。その人物とは以前、東京で開催された国際ペンクラブ大会でほんの少し顔を合わせたことがありました。他の国の代表が一週間くらいで自国に帰る中、デンマーク代表の彼は二、三週間、日本に滞在していました。その人物はたったそれだけで北欧の日本通ということになったんです。ノーベル文学賞の選考会に呼ばれ意見を求められた彼は、そこで三島さんのことを左翼だと言いました。このデンマーク人は極めて右翼的な人で、彼の常識によれば、若い人はみんな左翼でした。そして彼は三島さんの受賞に強く反対し、川端康成《かわばたやすなり》先生の名前をあげたんです。このことはそのデンマーク人本人から聞きました。「私が川端に賞を取らせたのだ」と実に誇らしげな口ぶりで。

三島さんが左翼の過激派と思われて受賞をのがしたなんてバカバカしい。理不尽さに黙っておれず、私はこのことを三島さんに言いました。しかしよくよく考えてみれば、言うべきではなかったかもしれません。三島さんは、ちっとも笑いませんでした。

瀬戸内　先生は、川端康成さんと三島由紀夫さん、どちらがノーベル賞にふさわしかったと思われますか？

キーン　非常に難しい質問ですが、三島さんが受賞したとすれば、彼は満足したでしょう。オリンピックのときにいただいた手紙の中では、メダルを獲得した選手を非常にうらやましく思うとありました。文学に同じことがあるのなら、自分が金メダルをもらうはずだという意味です。もし、三島さんがノーベル文学賞を受賞していたら、あの事件はなかったかもしれません。

瀬戸内　三島さんの作品のほうが文章も翻訳しやすいし、外国の人に読んでもらっても、わかりやすいでしょう。川端さんの作品は日本人にはわかるけれど、外国人には理解しづらいところがあるかもしれない。

キーン　そうですね。ただ、文学としての絶対的な価値から言っても、両者の比較は本当に難しい……。

瀬戸内　私は二十代の終わり頃から、三島さんとは仲良くしていました。私から三島さんにファンレターを出したのが始まりです。三島さんからは、「私はファンレターには返事を書かない主義だけど、あなたの手紙があんまり面白いから」と、お手紙をいただきました。私が少女小説を書いて食べていた頃で、その後、東京に出るんですけど、『痛い靴』という最初に書いた小説を送って読んでいただいたら、「手紙はあんなに面白いのに、小説はどうしてこんなにつまらなくて下手なんだ」と（笑）。それから、わりあいずっとおつきあいがありました。ボディービルを始める前の痩せた体のときの三島さんを知っていますけど、着物を着てると、胸毛とか脛《すね》の毛とか、黒い毛がいっぱい見えるの。細い小さいネギに毛が生えてる印象で……。

キーン　そういうこともあって、自分の体を鍛えて立派にしようとしたんでしょう。非常に意志の強い人でした。

瀬戸内　本当にそういう体になりましたものね。声まで低く変わって、ワッハッハと。

キーン　私が日本で暮らすようになった長い時間の中でも、とりわけ終戦後の十年間は思い出深いですね。文学的な意味では昭和の元禄時代というのか、不思議な時代でした。永井荷風《ながいかふう》、志賀直哉《しがなおや》、谷崎潤一郎《たにざきじゅんいちろう》……。

瀬戸内　皆さん、お元気でいらっしゃいましたね。

キーン　そして、皆さん書いていました。その頃の新人といえば、三島由紀夫、安部公房……。まさに元禄時代に劣らない華やかさで。私はほとんどの方にお会いすることができたし、友達にもなれた。谷崎潤一郎先生とは年齢や立場が離れすぎていて友人とは言えませんでしたが、何度も食事に招かれご自宅にうかがいました。河野多恵子《こうのたえこ》さんは、谷崎文学を非常に崇拝していたのに、一度も谷崎先生にお会いしたことがないとこぼしていました。（笑）

瀬戸内　そうなんです。私は谷崎先生とはある時期、文京区の目白台アパートでご一緒だったことがありました。私は六階、谷崎先生のお宅は地下でした。ご家族はその地下のお部屋ですけど、先生は私と同じ六階にも仕事場を持っていらして、私はエレベーターを降りた後、その仕事場の前を通らないと自分の部屋に入れない。それで前を通るときはいつも、「この部屋だ」「あやかりましょう」と、ドアを撫《な》でていました。河野多恵子さんはしょっちゅう、うちへ遊びに来ていて、「この部屋よ」と谷崎先生の仕事場を教えたら、河野さん、ドアにキスするんです。でも、間違えてて、それは隣の部屋だった。（笑）

あれは舟橋聖一《ふなはしせいいち》さんが連れていってくれたのか、谷崎先生のお宅で初めてお目にかかったとき、その話をしたんですよ。「河野多恵子さんが先生のことをとても崇拝していて、いつもドアにキスしているんですが、隣の部屋でした」って。そしたら、「当たらずとも遠からず」とご機嫌でしたよ。そのときにお菓子を出してくださったんですね。食べて帰って、そのことをあとで河野さんに話したら、河野さん、カンカンに怒りました。「なんでそれを半分でも持って帰って、私にくれないの。友達甲斐がない」。(笑)

初めてお目にかかった谷崎先生は、指先のあいた毛糸の手袋をはめて、ちゃんちゃんこを着て、ヨボヨボとした感じでずいぶん老けていらした。私にはおじいさんに見えました。あの頃、多分、六十代の終わり頃。老人の話をずいぶん書かれていて、まだお若いのに、なんでこんな話を書くのかなと思っていたけれど、あの方は、本当に早く歳をとってしまわれた気がします。でも、いろいろな方に出会い、刺激を受け、私にとってもいい時代でした。

第四章

「老」「死」と向きあう

健康に秘訣なし

瀬戸内　私は若い頃、七十歳くらいまで生きたら十分だと思っていたんですよ。こんなに長く生きるとは思いませんでした。

キーン　私もです。子どもだった頃、父は酔っぱらって帰ってきては自分の哲学を私に語ることがありました。その一つが、「人間は五十五歳まではクズになる。それまでに死ぬべきだ」。私はなるほどと思い、素直に聞いていました。当時の私は十二、三歳でしたから、五十五歳は遠い未来のこと。まだまだ時間があると思っていましたし、ともかく、若いときには自分が九十歳まで生きるとは想像できないものでしょう。ちなみに、五十五歳を過ぎると何の役にも立たないと私に教えた父は、八十歳まで生きました。しかも晩年はわりあい充実した日々だったようです。

瀬戸内　九十歳になるからといっても、あまり困ったという感じはないんです。ただ、生活の設計というものがあるでしょう。こんなに生きると思っていなかったもので、それが崩れてしまって、ちょっと困る。このままだと、なんだか百歳まで生きそう。どうします？

キーン　とりあえず、まだボケている気はしませんが。（笑）

瀬戸内　私たちは、もうボケないみたいですよ。前にお医者さまにうかがった話ですけど、ボケる人はだいたい八十二歳までにそうなることが多くて、そこでボケなければ、百でも二百でも大丈夫らしいです。里見弴《さとみとん》先生は九十四歳まで生きて、最後までしゃんとなさっていた。荒畑寒村さんが九十三歳ですよ。やっぱり、ボケていらっしゃらなかった。

　だから大丈夫、大丈夫、私たち。安心してください。（笑）

キーン　素晴らしいことをうかがいました。（笑）

瀬戸内　それと、五十歳くらいでそれまでの生活を変えたほうがいいらしいです。私は五十一歳で出家して、ガラリと生活が変わったでしょう。それも、楽をしないほうに。理想的なんです（笑）。岡本太郎《おかもとたろう》の私へのただ一つの遺言は、「芸術家は岐路《きろ》に立ったときに、楽なほうよりも厳しいほうを選びなさい」というもので、それを守ったの。太郎さんも、もうちょっと頑張ればよかったのに。

キーン　私も性格的に、享楽的な生活が不向きなのです。

瀬戸内　七十歳くらいの頃は、まだ本当の歳よりも、ちょっと若く言いたい感じでした。七十四歳だとすると、七十歳くらい（笑）。ところが今は講演なんかでも、「私はもうすぐ九十歳です、九十です！」と言うの。そうすると、皆さん、「まあ、お若い」って。（笑）

キーン　数年前のことですが、教えていたコロンビア大学の最後の授業で、私が話すことはすべて話した、充分に伝えた、そう思っていたら、学生の一人が手を挙げて質問しました、「先生、どうしてそんなに元気なんですか？」と。

瀬戸内　必ず聞かれるでしょう？　何か特別な秘密があると思ってるのね。

キーン　私には、健康の秘訣なんて、まったくないです。食べたいものを食べているし、バランスのいい食生活をとくに心がけているわけでもありません。

運動も嫌いです。自分の血圧の数値も知りません。ただ一つ考えられるのは、私の祖母の一人に百歳まで生きた人がいました。

瀬戸内　じゃ、家系かもしれませんね。それなら百歳は大丈夫（笑）。私も、肉は食べるし、お酒は飲む。徹夜をして原稿も書きます。締め切りに間に合わないからしょうがない。あちらこちらを飛びまわっていますから、京都・嵯峨野の寂庵には、ひと月のうち一週間もいられません。毎年、年の暮れに、「来年こそもう少し仕事を減らして、少しは優雅に暮らしたいわ」とつぶやくんですけど、スタッフは、「毎年、年の暮れにはそう言っています。もう何十年も聞きました」と、ぜんぜんとりあってくれない。もう少しのんびりと、と思っても、いざとなったらできないんですね。うしろを振り返る暇がない。前に進むしかない。そんなふうにしているうちに、気がついたら死んでいた、となるんじゃないかしら。

キーン　私もたくさん手紙をいただいたり、講演、インタビュー、原稿の依頼も無数にあって……。手紙の返事を書きたいと思っても、すべてを書いていると、ほかに何もできなくなります。もちろん、本来の研究や執筆の仕事もありますし。昨年の九月一日に日本に帰ってから、ずっと休みなしだったので、ゆっくりしたい、誰も私の顔を知らない静かな場所に行きたいと、大好きな瀬戸内の鞆の浦に行ったんですね。人口五千人くらいしかいないような小さな町だから、静かに、のんびりできるだろうと思いながら歩いていると、人が手を振って次々と近づいてきて、「知ってるよ！」「テレビで見た」と。

瀬戸内　のんびりできない。もう日本のどこに行ってもだめですよ。（笑）

キーン　一年前に読売新聞に鞆の浦のことを書いたのですが、それ以来、鞆の浦の人口が増えたそうです。（笑）

瀬戸内　私も先生も、仕事の依頼が来ると、やっぱり引き受けてしまう。困ったものです。小説は、長編をあと三つくらいは書かなきゃいけない。それまでに死ねばいいんだけど、命があればやっぱり書くでしょうし……。私、九十になるこの歳で、初めて書痙《しょけい》になりかかっているんです。何十万枚と原稿を書いてきて、今までなったことがないんですよ。だから、これはいよいよパソコンのキーを打つ練習をしなきゃと思って。

キーン　私は日本の文学、日本の演劇などを生涯にわたって勉強してきましたが、半生を日本で過ごした後に気がついたことがあります。それは――今や私は日本人に負けないほど、ワーカホリックになったということです（笑）。何かしていなければ気がすまない。働いていないと落ち着かないんです。よくアメリカ人の夢として、定年になったら、どこかの島のヤシの木陰でゆっくりして、おいしい飲み物でも片手に……というのがありますが、私にはまったくそういう望みはありません。働くことがいちばんの楽しみなのです。これからどういうものを書いていくかはともかく、働くこと自体は極めて面白く、大好きなので、生きている限りやめることはないでしょう。

瀬戸内　私もそうですね。私の場合、何か書くと、その書いたものから、次にすることを教えられるんですよ。「今度、これをしなさい」って。それを書いたら、またその中から、「次はこれにしたらどう？」と教えられながら、ここまで来ました。そして、書いたものに促されて出家してしまったんです。書かなかったら、こういうふうにはなりませんでしたね。法話や説法は僧侶としての私の義務です。でも、小説を書くのは、私の欲望。欲望は快楽をともなうんです。小さいものでも書き上がったら、「バンザーイ！」って真夜中に一人で叫んでしまいます。ですから、それこそ一晩中書いていて、ペンを持ったまま死んでいたのを誰かが見つけてくれる……というのがいちばんいい。大学の先生には定年はあるんですか？

キーン　私の時代にはありました。七十歳です。私は定年のあった最後の世代で、アメリカの大学、少なくともコロンビア大学では、今はもう定年という考え方はないですね。私の九十三歳の友人は、今もコロンビア大学で教えていますよ。私の場合、書くことはもちろん好きな作業ですが、いちばん楽しいのは、仲のいい人との会話です。関心のあることを大いに語りあい、笑いあう。私の喜びです。親しい友人はそう多くはないですけど、皆さん、私にとってはとても大事な存在です。

瀬戸内　しゃべって楽しい。飲んで楽しい。人の悪口を言って楽しい（笑）。でもこの歳になると、そういう人がだんだん先に逝ってしまって、淋しいですね。

キーン　私の生涯の親友だった永井道雄さん、嶋中鵬二さん、お二人ともすでに亡き人です。

瀬戸内　今、それに匹敵するような方は？

キーン　ちょっと名前は……言わないでおきましょう。名前の出なかった他の人が喜ばないでしょうから。（笑）

生ききって、はらりと

瀬戸内　この歳ですから、死を考えないことはありません。ただね、死ぬときのことは怖くないの。そんなに苦しまないと思う。というのも、その昔、宇野千代さんが長生きしたいと努力なさっているのを見て、「なんでそんなに長生きしたいんですか」とお訊《たず》ねしたら、長く生きると、秋の木の葉がはらりと自然に落ちるように、命が尽きる。痛くないし、苦しまない。「だから私は長生きしたいのよ」とおっしゃったのが頭にあるんです。若いとまだ本当は死ぬ命ではないから、体が逆らう。それで苦しいそうなんです。だから私も、生ききって、はらりと落ちる。それがいいなと思って。

キーン　私は無宗教ですが、宗教のある人を大変うらやましく思っています。

神の存在を信じられるならば、天国や地獄があることも信じ、救われるでしょう。あるいは仏教ならば、生まれ変わりとか、死後もいろいろ楽しみがある。私の場合は、死んだら終わりだと思っています。そして、頭がはっきりしているあいだは、ずっと生きたいですが、何もわからない状態になったら、延命の必要はありません。延命治療には高額な医療費がかかるでしょう。医者にお金を渡すより、大事な人にあげるとか、何か役に立つことに使ってほしいですね。

瀬戸内　私は、もうずいぶん昔に尊厳死協会に入っています。登録カードをお医者さまに渡しておけば、いざというときには、ちゃんと死なせてくれる。（笑）

先ほど、死んだら終わりとおっしゃいましたが、それは「無」になるということですよね。それで思い出すのは鎌倉に住んでいらした里見弴先生。九十四歳まで生きられた先生に、晩年、かわいがっていただき、よくご一緒したんですよ。その頃、先生に「亡くなることをどう思いますか」とお訊《き》きしたら、「無だ。何もない」とおっしゃる。先生にはとても愛しあったおりょうさんという恋人がいて、ずっと一緒に住んでいたんですけど、おりょうさんが先に亡くなったんです。それで、「先生が亡くなったら、おりょうさんが向こうで待っていて、会えますね」と言ったら、「無だ」と。そんな先生と、その後、スッポン料理を食べに行ったことがあって、そのとき、店の襖《ふすま》の向こうに仏壇が見えたんです。すると先生は、「おい、チンしてやれ」。私はすでに出家していましたから、拝んでやれということですね。それでお経をあげさせられたんです。「俺が死んだら鎌倉の偉い坊主がいっぱい来る。いっさい断るから、おまえさんがお経をあげろ」と言われて、実際に亡くなったときには、言われた通り、私がお経をあげました。「死んだら無だ」「何もない」と言いながら、「チンしろ」「チンしてやれ」なんて……。日本人というのはやっぱりそうなのかと思ったら、何だかおかしくて。

私は、やっぱりあの世はあると思うんですよ。死んだ人があっちにはみんないる。昔よりも人が多いから、三途《さんず》の川なんて流し舟じゃ渡れない。だからフェリーに乗って「極楽ツアー」（笑）。着いたら、先に死んだ人がずらりと岸辺に待っていて、口々に「遅かったね」「よく来たな」とかね。そのまま歓迎パーティ。そんなふうに想像しているんです。先生、亡くなった方で、たくさんいいお友達や、もっと話したい方がいらっしゃるでしょう。その人たちが向こうにいるような気がしませんか？　やっぱり死ぬと無ですか？

キーン　たとえば日本だと、飛行機事故があったとき、遺体や骨を探しますね。亡くなった人の何かが欲しい。私にはそれが理解できない。魂——という言葉が適当かどうかわかりませんが、それがなくなると、もう人間ではないと考えています。だから骨とかそういうものを探す意味がわからないんです。アメリカ人も日本人と同様で、ベトナム戦争で死んだたくさんの兵士の遺体を、莫大な費用をかけてアメリカ本国へ運びました。私には、とても不思議なことに思えました。もしも私が飛行機事故で死んでも、どうぞ誰も私の骨は探さないでください。（笑）

瀬戸内　私たち、もう卒寿《そつじゅ》ですから、百まで生きるにしても、先はそう長くない。どちらが先になるかはわかりませんけど（笑）、死んだときはどうしましょう。たとえば火葬、土葬、どちらがいいですか？

キーン　どちらでもいいです。なるべく簡単に。（笑）

瀬戸内　お墓はどうなさいます？

キーン　私のうちからそう遠くないところに正岡子規《まさおかしき》のお墓があります。今、正岡子規のことを書いているので、ときどきお参りに行くと、誰かが花を供えているときはいいのですが、そうでないときは侘《わび》しい。ですから、せめて景色がいいところがいいとは思いますが、その程度でしょうか。まあ、どこにでも。そのとき私はもういませんし。あえて言えば、ライシャワーさんの例を思い出します。学者で駐日大使も務められたライシャワーさんは日本に生まれ、日本とアメリカ、二つの国を愛していました。彼の遺骨の灰は太平洋にまかれました。私もそれがいいかもしれない。

瀬戸内　じゃあ、お墓はいらない？　先生がお墓はいらないというと、残された皆さんが困りますよ。お墓は建てないかもしれないけど、そのかわりに記念碑だとか建てるかもしれない。

キーン　死んだ後は、どうぞ、皆さんのお好きなように。

瀬戸内　そうですか、お墓はいりませんか。私は自分のお墓を天台寺に用意してあります。先生にも、その天台寺で買っていただこうと思ったんですけど。（笑）

キーン　申し訳ありません。
瀬戸内　お寺の看板にしようと思ったのに。
キーン　もしも、私が仏教徒になるとしたら、お墓は天台寺に違いないです。そのときはよろしくお願いします。（笑）

書き続ける日々

瀬戸内　今、清少納言《せいしょうなごん》を書いているんですけど、まだ先が長いんです。先生がこれから取り組まれるものは？
キーン　日本人の外国文学の学者は、外国のことを専門にしながら、なぜか皆さん、晩年になると日本のことを書きます。英文学者、仏文学者しかり。ある時点から、自分の専門書を書かなくなるんですね。でも私は最後まで自分の専門をやり続けたいと思っています。だからこの先、アメリカ文学を書くことは絶対になく、最後まで私の興味の対象は、日本の文化、日本の文学です。
二十五年の歳月をかけて取り組んだ『日本文学の歴史』全十八巻を書き終え

いましたとき、皆さんからは、よくやったものだと褒めていただき、「ライフワークだね」と言われました。ライフワークを書いたら、あとは死ぬほかはない（笑）。死にたくないので、個人のことを書こうと取り組んだのが足利義政の人物伝でした。その後、渡辺崋山、明治天皇と書いてきて、今は正岡子規に取り組んでいます。

瀬戸内　日本人がやらなきゃいけないことを、全部、先生がなさってる（笑）。日本人以上に、日本人ですね。

それにしても評伝や伝記は面白い。私は伝記小説を書くとき、書いている人物が自分に乗り移ったように感じるときがあります。『秘花』を書いたときがそうでした。世阿彌《ぜあみ》は次第に耳が聞こえなくなり、目も見えなくなっていきます。書き進めるうち、私自身も耳が聞こえなくなり、目も見えなくなって……。病院に行くと、目は白内障でした。取材して、膨大な史料を読み込む作業は大変ですけど、史実に新たな解釈を加えながら過去の人物を甦らせることができるのが、伝記小説を書く面白さですね。

キーン　やりたい仕事はまだまだあります。葛飾北斎《かつしかほくさい》は九十歳になるまで画を描き続けました。作家の野上彌生子《のがみやえこ》さんとは、彼女が九十歳のときに二度対談したことがありますが、とてもお元気で、亡くなる百歳近くでも、まだ書いていました。私もそうありたいと思います。ただ、時間が足りませんね。

私はこれまでずっと「優しい先生」で通ってきました。でも、九十歳になることでもありますし、これからは「怖い先生」になって、取材依頼など「だめ！」と言うことも必要かと思っています。はたして、できるかどうかは別問題ですが。（笑）

瀬戸内　ただ、求められるのは、生きていて、やっぱりありがたいことですよね。いやだなんて言ったら、それこそバチが当たってしまいます。たとえば東日本大震災のことでは、被災地に行っても、実際に何ができるかといえば、マッサージしてあげたり、お話を聞いたり、祈ることくらい。大きく何かを動かすのは政治ですが、政治に関係していない私たちは何も動かすことはできません。一般の人もそうですよね。結局、今、自分のしなければいけない目の前の仕事、それを一所懸命にするしかないんですね。ですから、幸いにも、求めてくださる方々がいるのなら、私もできるだけ応えていこうと思っているんですよ。

キーン　私たち、これからも、当分、休みがありそうにないですね。

あとがき　ドナルド・キーン

『古事記《こじき》』や『日本書紀《にほんしょき》』が証明するように日本文学は千年を越える歴史があります。

しかし、不思議なことには地震や津波を語る文学はほとんど見当たりません。数少ない例外は『方丈記《ほうじょうき》』でしょうか。この国が古来から多くの災害に見舞われて来たことは疑いないのに、何か割り切れない不思議な気がします。『源氏物語』のような典雅な話と違い、人の身の丈をはるかに越えた凄惨な天災を書くこと自体がためらわれたのでしょうか。

二〇一一年の大震災があった日、私はニューヨークにいました。普段はテレビを見ない私も、この時ばかりは災害の様子を把握《はあく》しなければと思い、震える心を抑えて懸命に画面を見続けました。映し出された惨状は想像をはるかに超えた破壊であり、海岸や町並みを覆う黒い波は真に恐ろしく、私が知るどんな海の様子とも異なっていました。

被災された方たちの安否を気づかったのは言うまでもありませんが、『おくのほそ道』の舞台となった東北に特別な思いを抱く私は、中尊寺をはじめとする歴史的な場所の様子が気にかかり、いてもたってもいられませんでした。その時、すでに日本への帰化を決意していましたが、震災の被害を見た私は、今こそ日本の皆さんと共に過ごしたいという気持ちが一層強まりました。

また、私はコロンビア大学の教授職からの引退を決めていたのですが、最後の授業に際して行われた取材の中で、深く考えないままに、日本国籍を取って永住するという件に一言触れました。すると、それが全国規模のニュースになったのです。国籍を取るという極めて個人的な決断が大きなニュースとなったのは、私自身にも驚きでした。

やがて、日本全国から感謝の便りが寄せられました。私が皆さんに勇気を与えたと。

震災からほぼ半年後、日本に帰って来るとすぐに、瀬戸内寂聴さんとの対談要請がありました。話し上手な瀬戸内さんに私がついて行けるかと案じましたが、寂聴さんは平泉の中尊寺で得度をされ、今も東北と密接な関係があり、今回の震災の後も被災者の皆さんに向き合われた方ですから、実際に被災地に足を運んだ人だけが知る、詳しい様子を教えて頂けるのではないかと考え、対談を引き受けました。

私の今の不安は東北の被災地や被害者が忘れられていくのではないかということです。辛い記憶を越えて、人々が平常心を持って普通の生活を送ることはもちろん大事ですが、震災から一年経った今、東京や多くの地域では、すでに恐ろしい震災も何事もなかったかのような感じさえ見られます。

日本の歴史を顧《かえり》みれば、この国民が多くの災害を経験し、その度にそれを乗り越えるだけではなく、新たな文化を生み出して来たのが分かります。今回の災害も苦しい状況が終わったわけではなく、さらには政治、経済の分野でも混迷が続いています。

二〇一一年の東日本大震災は日本の歴史に残る大きな災害であったことは間違いありません。

しかし、日本は必ず立ち直る。私はそう信じています。

章扉写真　斉藤ユーリ
取材協力　中尊寺

『日本を、信じる』二〇一二年三月　中央公論新社刊

中公文庫

日本《にほん》を、信《しん》じる

2015年2月25日　初版発行

著　者　瀬《せ》戸《と》内《うち》寂聴《じゃくちょう》

ドナルド・キーン

発行者　大橋 善光

発行所　中央公論新社

〒104-8320　東京都中央区京橋2-8-7
電話　販売 03-3563-1431　編集 03-3563-2039
URL http://www.chuko.co.jp/

DTP　嵐下英治
印　刷　三晃印刷
製　本　小泉製本

Published by CHUOKORON-SHINSHA, INC.
Printed in Japan　ISBN978-4-12-206086-9 C1195

定価はカバーに表示してあります。落丁本・乱丁本はお手数ですが小社販売部宛お送り下さい。送料小社負担にてお取り替えいたします。

各書目の下段の数字はISBNコードです。978-4-12が省略してあります。

中公文庫既刊より

キ-3-1
日本との出会い
ドナルド・キーン
篠田一士訳
ラフカディオ・ハーン以来最大の日本文学者といわれる著者が、日本文壇の巨匠たちとの心温まる交遊を通じて描く稀有の自叙伝。〈解説〉吉田健一
200224-1

キ-3-10
日本人の美意識
ドナルド・キーン
金関寿夫訳
芭蕉の句「枯枝に烏」の烏は単数か複数か、その曖昧性に潜む日本の美学。ユニークな一休の肖像画、日清戦争の文化的影響など、独創的な日本論。
203400-6

キ-3-11
日本語の美
ドナルド・キーン
愛してやまない〝第二の祖国〟日本。その特質を内と外から独自の視点で捉え、卓抜な日本語とユーモアで綴る味わい深い日本文化論。〈解説〉大岡 信
203572-0

キ-3-13
私の大事な場所
ドナルド・キーン
はじめて日本を訪れたときから六〇年。ヨーロッパに憧れていたニューヨークの少年にとって、いつしか日本は第二の故郷となった。自伝的エッセイ集。
205353-3

キ-3-14
ドナルド・キーン自伝
ドナルド・キーン
角地幸男訳
日本文学を世界に紹介して半世紀。ブルックリンの少年時代から、齢八十五に至るまで、三島由紀夫ら作家たちとの交遊など、秘話満載で描いた決定版自叙伝。
205439-4

キ-3-15
日本文学史 近世篇一
ドナルド・キーン
徳岡孝夫訳
徳川時代を代表する詩形は俳諧である。独立した文芸ジャンルに高められた俳諧が、松尾芭蕉という才能を得て、十七文字の中に小宇宙を創造するまで。
205423-3

キ-3-16
日本文学史 近世篇二
ドナルド・キーン
徳岡孝夫訳
浮世草子の井原西鶴、浄瑠璃の近松門左衛門、国学者の賀茂真淵、本居宣長、そして誹諧の与謝蕪村、小林一茶など、才人を輩出した徳川期文学世界を描く。
205449-3

キ-3-17
日本文学史　近世篇三
ドナルド・キーン
徳岡孝夫　訳
上田秋成、曲亭馬琴ら、散文や戯作に描かれた怪異の世界。そして鶴屋南北、河竹黙阿弥ら、幕末歌舞伎の舞台に咲いた悪の華たち。近世篇全三巻完結。
205487-5

キ-3-18
日本文学史　近代・現代篇一
ドナルド・キーン
徳岡孝夫　訳
坪内逍遥、二葉亭四迷、尾崎紅葉、幸田露伴、樋口一葉、そして泉鏡花。文明開化の時代、翻訳小説、政治小説の流行から幻想奇譚まで、近代文学の幕開け。
205516-2

キ-3-19
日本文学史　近代・現代篇二
ドナルド・キーン
徳岡孝夫　訳
日露戦争の後におこった自然主義運動、そしていまなお読者をひきつけてやまない夏目漱石、森鷗外、白樺派の同人たち。近代小説の形成と発展を描く。
205542-1

キ-3-20
日本文学史　近代・現代篇三
ドナルド・キーン
徳岡孝夫　訳
プロレタリア文学運動の行方、都会の裏町に情趣を探った永井荷風。そして華々しい成果を残した文豪たち、芥川龍之介、谷崎潤一郎ら、その生涯と作品。
205571-1

キ-3-21
日本文学史　近代・現代篇四
ドナルド・キーン
徳岡孝夫　訳
西洋文学の影響下、モダニズムが開花した。佐藤春夫、横光利一、伊藤整、堀辰雄。そして、虚無のなかに美をみつめた川端康成。そして時代は転向文学を生む。
205596-4

キ-3-22
日本文学史　近代・現代篇五
ドナルド・キーン
角地幸男　訳
日本文学の一大特色、私小説と戦時下における戦争文学。つづく戦後は、太宰治、織田作之助、坂口安吾、石川淳ら、無頼派と呼ばれた作家たちの活躍を見る。
205622-0

キ-3-23
日本文学史　近代・現代篇六
ドナルド・キーン
徳岡孝夫
角地幸男　訳
終戦後開放的な気分が漂うなか、左翼文学が台頭し、岡本かの子、林芙美子、佐多稲子ら女流文学者が活躍。そして鬼才三島由紀夫が華々しく登場する。
205647-3

キ-3-24
日本文学史　近代・現代篇七
ドナルド・キーン
新井潤美　訳
正岡子規、与謝野晶子、北原白秋、石川啄木、斎藤茂吉らが牽引し、明治期以降、日本の伝統的な短詩型文学である短歌と俳句は新たな発展を遂げる。
205671-8

各書目の下段の数字はISBNコードです。978－4－12が省略してあります。

キ-3-25
日本文学史 近代・現代篇八
ドナルド・キーン
新井潤美訳
明治・大正・昭和と、伝統的な詩型をあらため、海外の作品の影響を色濃くうけながら、北原白秋、萩原朔太郎、宮沢賢治など、近代詩は豊かに発展した。
205701-2

キ-3-26
日本文学史 近代・現代篇九
ドナルド・キーン
角地幸男訳
河竹黙阿弥、岡本綺堂らの活躍で歌舞伎は伝統を保ちつつ新時代へ。新派、新劇、三島由紀夫の戯曲の数々。そして明治・大正・昭和の批評と小林秀雄を論考する。
205728-9

キ-3-27
日本文学史 古代・中世篇一
ドナルド・キーン
土屋政雄訳
シリーズ全体の序文、人間的でなまめかしい『古事記』、奈良時代と平安時代前期の漢文学、そして最古にして最高の歌集『万葉集』の世界を語り尽くす。
205752-4

キ-3-28
日本文学史 古代・中世篇二
ドナルド・キーン
土屋政雄訳
『万葉集』から『古今集』へ。平安時代後期の文学は、ひらがなで記された『土佐日記』の影響のもと、『蜻蛉日記』など宮廷女性の日記文学が牽引する。
205775-3

キ-3-29
日本文学史 古代・中世篇三
ドナルド・キーン
土屋政雄訳
王朝文学は『枕草子』や日本文学の最高傑作『源氏物語』を生み出す。一方、説話文学の最高峰『今昔物語』には、貴族と庶民両方の日常世界がひろがる。
205797-5

キ-3-30
日本文学史 古代・中世篇四
ドナルド・キーン
土屋政雄訳
武士の時代が到来し、悲劇的素材を巧みに扱い日本の民族叙事詩となった「平家物語」。宮廷和歌の最後を飾る「新古今集」で世の無常を歌った西行の活躍。
205823-1

キ-3-31
日本文学史 古代・中世篇五
ドナルド・キーン
土屋政雄訳
鎌倉時代、世代を超えた名随筆『徒然草』の誕生。劇的な軍記物語『曽我物語』や『義経記』における悲劇性と、室町時代に宮廷で流行した連歌について。
205842-2

キ-3-32
日本文学史 古代・中世篇六
ドナルド・キーン
土屋政雄訳
室町から安土桃山時代。僧侶や武士の描いた日記や、五山文学とよばれた漢詩文をはじめ、能・狂言や御伽草子など、後世にまで伝わる豊饒な文学世界を描く。
205868-2

し-6-42
世界のなかの日本　十六世紀まで遡って見る
司馬遼太郎
ドナルド・キーン
近松や勝海舟、夏目漱石たち江戸・明治人のことばと文学、モラルと思想、世界との関りから日本人の特質を説き、世界の一員としての日本を考えてゆく。
202510-3

し-6-46
日本人と日本文化〈対談〉
司馬遼太郎
ドナルド・キーン
日本文化の誕生から日本人のモラルや美意識にいたる〈双方の体温で感じとった日本文化〉を縦横に語りあいながら、世界的視野で日本人の姿を見定める。
202664-3

せ-1-6
寂聴　般若心経　生きるとは
瀬戸内寂聴
仏の教えを二六六文字に凝縮した「般若心経」の神髄を自らの半生と重ね合せて説き明かし、生きてゆく心の拠り所をやさしく語りかける、最良の仏教入門。
201843-3

せ-1-8
寂聴　観音経　愛とは
瀬戸内寂聴
日本人の心に深く親しまれている観音さま。人生の悩みと苦難を全て救って下さると説く観音経を、自らの人生体験に重ねた易しい語りかけで解説する。
202084-9

せ-1-9
花に問え
瀬戸内寂聴
孤独と漂泊に生きた一遍上人の俤を追いつつ、男女の愛執からの無限の自由を求める京の若女将・美緒の心の旅。谷崎潤一郎賞受賞作。〈解説〉岩橋邦枝
202153-2

せ-1-12
草　筏
瀬戸内寂聴
愛した人たちは逝き、その声のみが耳に親しい――。一方血縁につながる若者の生命のみずみずしさ。自らの愛と生を深く見つめる長篇。〈解説〉林真理子
203081-7

せ-1-15
寂聴　今昔物語
瀬戸内寂聴
王朝時代の庶民の生活がいきいきと描かれ、様々な人間のほか妖怪、動物も登場する物語。その面白さを鮮やかな筆致で現代に甦らせた、親しめる一冊。
204021-2

せ-1-16
小説家の内緒話
瀬戸内寂聴
山田詠美
読者から絶大な支持を受け、小説の可能性に挑戦し続ける二人の作家の顔合わせがついに実現。「私小説」「死」「女と男」について、縦横に語りあう。
204471-5

各書目の下段の数字はISBNコードです。978－4－12が省略してあります。

せ-1-17
寂聴の美しいお経
瀬戸内寂聴
疲れたとき、孤独で泣きたいとき、幸福に心弾むとき……どんなときも心にしみいる、美しい言葉の数々。声に出して口ずさみ、心おだやかになりますように。
205414-1

た-30-6
鍵 棟方志功全板画収載
谷崎潤一郎
妻の肉体に死をすら打ち込む男と、死に至るまで誘惑することを貞節と考える妻。性の悦楽と恐怖を限界点まで追求した問題の長篇。〈解説〉綱淵謙錠
200053-7

た-30-10
瘋癲《ふうてん》老人日記
谷崎潤一郎
七十七歳の卯木は美しく驕慢な嫁颯子に魅かれ、変形的間接的な方法で性的快楽を得ようとする。老いの身の性と死の対決を芸術の世界に昇華させた名作。
203818-9

た-30-13
細雪（全）
谷崎潤一郎
大阪船場の旧家蒔岡家の美しい四姉妹を優雅な風俗・行事とともに描く。女性への永遠の願いを〝雪子〟に託す谷崎文学の代表作。〈解説〉田辺聖子
200991-2

た-30-27
陰翳礼讃
谷崎潤一郎
日本の伝統美の本質を、かげや隈の内に見出す「陰翳礼讃」「厠のいろいろ」を始め、「恋愛及び色情」「客ぎらい」など随想六篇を収む。〈解説〉吉行淳之介
202413-7

た-30-28
文章読本
谷崎潤一郎
正しく文学作品を鑑賞し、美しい文章を書こうと願うすべての人の必読書。文章入門としてだけでなく文豪の豊かな経験談でもある。〈解説〉吉行淳之介
202535-6

た-30-52
痴人の愛
谷崎潤一郎
美少女ナオミの若々しい肢体にひかれ、やがて成熟したその奔放な魅力のとりことなった譲治。女の魔性に跪く男の惑乱と陶酔を描く。〈解説〉河野多恵子
204767-9

た-30-55
猫と庄造と二人のをんな
谷崎潤一郎
猫に嫉妬する妻と元妻、そして女より猫がかわいくてたまらない男が繰り広げる軽妙な心理コメディの傑作。安井曾太郎の挿画収載。〈解説〉千葉俊二
205815-6